Homeless Hearts

Ein Koffer voller Träume

Nadine Feger

Nadine Feger

Homeless Hearts

Ein Koffer voller Träume

Liebesroman

Impressum

Bibliografische Information der Deutschen Nationalbibliothek:
Die Deutsche Nationalbibliothek verzeichnet diese Publikation in der
Deutschen Nationalbibliografie; detaillierte bibliografische Daten sind
im Internet über http://dnb.dnb.de abrufbar.

© 2021 Nadine Feger

Umschlaggestaltung: Ria Raven Coverdesign (riaraven.de) unter
Verwendung von Bildern aus Shutterstock und Pixabay
Lektorat: Minnie Kromer/Korrektorat: Claudia Heinen

Herstellung und Verlag: BoD – Books on Demand, Norderstedt

ISBN: 978-3-7543-5657-9

To the homeless heart,
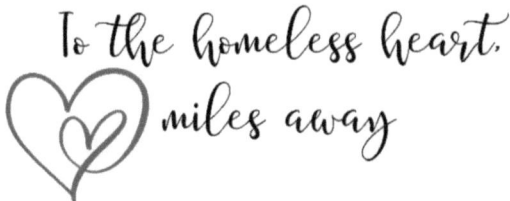 miles away

Vor zwei Jahren
Tessa

Was ist los?«, frage ich meine Freundin, noch bevor ich sie überhaupt richtig begrüßt habe.

»Mein Vater hatte einen schweren Herzinfarkt.«

Geschockt schlage ich mir die Hand vor den Mund und nehme Julia tröstend in den Arm. Sie bemüht sich sichtlich um Haltung und erzählt mir, dass ihr Vater zwar über den Berg ist, jedoch in den nächsten Wochen und Monaten intensive Pflege benötigt.

»Ich habe eine schwere Entscheidung getroffen, Tessa.« Julia holt tief Luft und muss sich offenbar sammeln, um das auszusprechen, was sie zu sagen hat. »Ich werde Deutschland verlassen und wieder zurück nach Hause gehen. Meine Eltern brauchen mich. Meine Mutter ist auch nicht mehr die Jüngste, sie schafft das nicht allein.«

Beklommen nicke ich. »Was ist mit deinen Geschwistern?«

Julia rollt mit den Augen und macht eine wegwerfende Geste. »Die sind hoffnungslos überfordert.«

Mein Herz wird schwer. Mir ist klar, dass ich sie ziehen lassen muss, doch es zerreißt mich innerlich. Julia ist mir in den letzten Jahren zur Familie geworden. Ohne sie fehlt ein wichtiges Stück davon. Vor allem in den vergangenen Monaten war sie immer da, egal, wie schwierig es war.

Schweigend sehen wir uns an und realisieren vermutlich beide gleichzeitig, was das für uns und unsere Freundschaft zu bedeuten hat. Wie auf Knopfdruck brechen sich bei uns beiden die Tränen Bahn und wir fallen uns tieftraurig um den Hals.

»Ich werde dich schrecklich vermissen«, bringe ich erstickt hervor.

»Und ich dich erst!«

Kapitel 1
Julia

Bremen. In wenigen Minuten werde ich endlich wieder dort sein – in der Stadt, in der ich mein Herz gelassen habe, als ich wieder nach Irland zurückkehren musste. Von diesem Tag an habe ich alles, was ich dort hinterlassen habe, schmerzlich vermisst. Meine Schwester Mona, meine beste Freundin Tessa, meinen Job im Buchladen, meine kleine Wohnung im Herzen der Altstadt.

In den nächsten zwei Wochen will ich versuchen, alles nachzuholen, was ich in den vergangenen zwei Jahren versäumt habe. Obwohl das kaum möglich sein wird.

Wenn ich wieder nach Irland fliegen muss, wird es ganz sicher genauso schwer wie beim letzten Mal. Oder noch schlimmer. Einmal kehrte ich bisher für wenige Tage zurück, um gemeinsam mit Tessa ihren glücklichsten Tag feiern zu können. Ihre Hochzeit mit David. Immerhin habe ich die Gewissheit, dass es ihr gut geht. Nach allem, was sie durchmachen musste, fiel es mir schwer, sie zurückzulassen.

Als das Flugzeug polternd auf der Landebahn aufsetzt, kann ich mich vor Aufregung kaum bändigen. Ich dränge mich als eine der Ersten durch den schmalen Gang aus dem Flieger. Die Sonne strahlt, doch mir schlägt eisiger Wind entgegen. Obwohl der März sich bereits dem Ende zuneigt, hat der Winter das Wetter fest im Griff, aber ich hoffe, das ändert sich in den nächsten Tagen.

Nachdem ich mein Gepäck eingesammelt habe, steuere ich freudig auf den Ausgang zu. Und sofort entdecke ich in der Menschenmenge, die dort draußen auf die Ankömmlinge wartet, meine Schwester. Ihr Haar ist zwar nicht so leuchtend rot wie meines, dennoch sticht sie mit ihrer wilden Lockenflut aus der Masse heraus.

»Mona!« Aufgeregt reiße ich die Hand in die Höhe, winke ihr überschwänglich zu und bahne mir einen Weg durch die Leute. Wenige Sekunden später liegen wir uns in den Armen. Ohne dass ich mich dagegen wehren könnte, füllen sich meine Augen mit Tränen, sodass meine Brille augenblicklich beschlägt. Normalerweise bin ich alles andere als sentimental, aber meine Schwester gehört zu den wichtigsten Menschen in meinem Leben. Wie sehr sie mir gefehlt hat.

»Schön, dass du endlich da bist, kleine Schwester.« Mona strahlt mit mir um die Wette.

»Ich kann dir gar nicht sagen, wie froh ich bin, wieder hier zu sein.« Mein Herz quillt über vor Freude.

»Lass uns fahren. Wir haben uns viel zu erzählen.«

Selig stimme ich meiner Schwester zu. Während der kurzen Autofahrt überschlage ich mich in meinen Erzählungen über unser Zuhause, unsere Eltern und unsere Geschwister.

»Es wird Zeit, dass ich endlich wieder nach Irland fliege.« Monas Blick steckt voller Wehmut. Sie kommt einmal im Jahr nach Hause, manchmal zweimal. Doch ihr geht es wie mir. Sie hängt zwar an Irland, an unserer Familie, doch in Deutschland hat sie Wurzeln gefasst und ihre Heimat gefunden. Die Heimat, die ich wieder verlassen habe, um meinen Eltern zur Seite stehen zu können.

Diese Entscheidung war gut und richtig – und trotzdem verfluche ich sie immer und immer wieder. Denn ich merke, dass mir etwas fehlt. Einen Teil von mir habe ich in Bremen zurückgelassen und es belastet mich jeden Tag. Wieder hier zu sein, fühlt sich an, wie nach Hause zu kommen.

»So, du kannst schon mal deinen Koffer auspacken und ich koche uns einen Tee. Ich habe extra für dich Wickelkuchen gebacken.« Mona grinst mich an.

»Ohne Rosinen?«

»Natürlich ohne Rosinen, dafür mit extra viel Schokocreme.«

»Oh Mona, du bist die Beste. Ich beeile mich.« Schnell richte ich mich im Gästezimmer ein und räume meine Kleidung in den Schrank. Für einen Moment lasse ich mich aufs Bett fallen und bin froh, hier sein zu dürfen. Dann geselle ich mich wieder zu meiner Schwester und mache mich sogleich über den duftenden Wickelkuchen her. Mona hat ihn häufig gebacken, als ich noch in Bremen war, weil sie genau wusste, wie gern ich ihn esse.

»Mh, der schmeckt himmlisch. Das gehört definitiv zu den Sachen, die ich in Irland vermisse.«

Zufrieden lächelt sie mich an. »Ich weiß doch, womit ich dich glücklich machen kann.«

»Glücklich …« Abwesend lasse ich die Gabel sinken und starre traurig auf den Kuchen. »Glücklich wäre ich, wenn ich einfach hierbleiben könnte. An manchen Tagen drehe ich zu Hause fast durch. Aber dann sehe ich Mum und Dad und weiß wieder, warum ich das tue. Nach all den Jahren, in denen sie sich um uns gekümmert haben, kann ich ihnen endlich etwas zurückgeben.«

»Ich weiß genau, was du meinst. Oft wünsche ich mir das auch – für sie da zu sein. Aber ich habe Frank, das Haus, meine Arbeit. Ich kann nicht einfach so weg. Deshalb bin ich froh, dich in ihrer Nähe zu wissen. Ich weiß, wie schwer es dir gefallen ist, Deutschland zu verlassen.«

»Und dich. Und Tessa …«

Mona nickt nachdenklich. »Apropos Tessa … Weiß sie eigentlich, dass du da bist?«

Sofort macht sich ein Grinsen auf meinem Gesicht breit. »Nein, sie ist völlig ahnungslos. Hoffe ich zumindest. Gestern Abend haben wir nämlich telefoniert und ich musste mich zusammenreißen, mich nicht zu verplappern. Ich werde heute Nachmittag gleich zu ihr rübergehen.«

Mona klatscht in die Hände. »Da wird sie aber Augen machen.«

»Vorher will ich aber noch am Buchladen vorbei und Johann Hallo sagen.« Mein ehemaliger Chef wurde mir zu einer Art Ersatzvater in Bremen. Wann immer ich ein Problem hatte, konnte ich mich an ihn wenden. Außerdem hatte er mir die kleine Dachgeschosswohnung über dem Buchladen vermietet, nachdem mir in Monas Gästezimmer langsam die Decke auf den Kopf fiel. Die Erinnerung daran zaubert mir ein Lächeln aufs Gesicht. »Aber jetzt ruhe ich mich erst einmal ein wenig aus, wenn das okay für dich ist. Ich bin schon ziemlich lange auf den Beinen.«

»Na klar, mach das. Ach so, und wenn du nachher bei Tessa bist, lade sie und David doch für heute Abend hierher zum Essen ein. Es muss schließlich gefeiert werden, dass du da bist.«

Drei Stunden Schlaf gönne ich mir, doch beim ersten Augenaufschlag bin ich hellwach. Voller Elan schalte ich den Wecker aus und schwinge mich aus dem Bett. Schließlich habe ich viel vor. Ich suche mir frische Kleidung aus dem Schrank, streife sie über und gehe zu Mona in die Küche. Sie steckt bereits mitten in den Vorbereitungen fürs Abendessen.

»Wow, du willst heute aber ganz schön auffahren.«

»Na, was denkst du denn? Und es gibt nur Sachen, die du gerne isst.« Dass Mona so viel Aufwand für mich betreibt, rührt mich. Dabei weiß sie doch, mit wie wenig ich eigentlich zufrieden bin.

»Mir läuft das Wasser im Mund zusammen. Ich mache mich lieber aus dem Staub, sonst falle ich jetzt schon über die ganzen Leckereien her. Tessa macht immer um vierzehn Uhr Feierabend. Wenn ich vorher noch zum Buchladen will, muss ich mich beeilen.«

»Mach das. Und viel Spaß.«

Bevor ich das Haus verlasse, drücke ich meiner Schwester einen Kuss auf die Wange. Frank und sie wohnen etwas außerhalb der Altstadt, daher brauche ich eine gute halbe Stunde bis in die

Sögestraße. Der Wind ist frisch, weshalb ich meinen Mantel eng um mich ziehe. Leider hakt der Reißverschluss und lässt sich nicht mehr schließen. Ich sollte mir von Mona unbedingt das Nähen beibringen lassen oder sie einfach bitten, mir einen neuen Reißverschluss einzusetzen. Im Gegensatz zu mir ist sie handwerklich geschickt und kann nähen. Auch wenn der Mantel bereits ein paar Jahre auf dem Buckel hat, will ich mich nicht von ihm trennen. Er war das Erste, was ich gekauft habe, als ich damals nach Bremen kam.

Endlich erreiche ich das Schweinedenkmal am Eingang zur Sögestraße. Ein freudiges Kribbeln macht sich in mir breit. Ich bin zu Hause. Hier habe ich gewohnt, gearbeitet, meine beste Freundin Tessa kennengelernt. Mein Blick bleibt eine Weile an dem bronzenen Schweinehirten mit seiner Herde hängen und erfüllt mich mit Melancholie. Jahrelang war dieser Ort mein Dreh- und Angelpunkt. Und ich wünschte, er würde es eines Tages wieder sein.

Widerwillig reiße ich mich von diesem Anblick los und gehe die letzten Meter hinüber zum Buchladen. Als ich die Türe schwungvoll aufdrücke, strömen mir Wärme und der geliebte Duft der Bücher entgegen. Ich atme tief ein und schließe die Augen.

»Julia?« Johanns Donnerstimme reißt mich aus meinen Gedanken. »Was machst du denn hier, Mädchen?« Strahlend eilt er auf mich zu. Sein Haar ist inzwischen grau meliert und geht ihm langsam, aber sicher aus. Sein Bauch ist noch rundlicher geworden, als ich ihn in Erinnerung habe. Sein Lächeln jedoch hat nichts von seiner Herzlichkeit verloren.

»Was soll ich sagen? Ich habe Deutschland vermisst und jetzt bin ich hier. Schön, dich zu sehen, Johann.« Wir umarmen uns kurz, aber herzlich.

»Heißt das etwa, du wirst bleiben?«

»Schön wär's. Aber nein, ich mache nur zwei Wochen Urlaub.«

»Schade. Ich habe gerade mit dem Gedanken gespielt, Janine zu feuern.«

»Wie bitte?«, erklingt eine empörte Stimme hinter uns. Eine blonde junge Frau starrt Johann entsetzt an.

»War ein Witz, Janine. Du kennst mich doch.«

Sie lacht gequält und stößt erleichtert Luft aus.

»Also wirklich, Johann.« Tadelnd wedle ich mit dem Zeigefinger hin und her. »Hast du einen Kaffee für mich?«

»Na klar. Lass uns ins Büro gehen und dann erzählst du mir von Irland.«

Ich folge Johann in das vertraute kleine Hinterzimmer, in dem ich unzählige Male meinen Kaffee genossen habe. Es sieht chaotisch aus. Überall liegen Papiere herum, schmutzige Tassen stehen neben dem Spülbecken auf der kleinen Küchenzeile. *Alles wie immer,* schießt es mir durch den Kopf. Bevor ich anfing, im Buchladen zu arbeiten, sah es nämlich genauso unordentlich aus. Bis ich mich der Sache angenommen habe. Offenbar ist es Johann nicht gelungen, es beizubehalten. Ich grinse in mich hinein und nehme am Tisch Platz, nachdem Johann mir eine Tasse Kaffee überreicht hat. Sofort sind wir in unser Gespräch vertieft und es ist, als wäre ich nie weg gewesen.

Eine halbe Stunde später will ich mich endlich auf den Weg zu Tessa machen und verabschiede mich von Johann. Seite an Seite gehen wir wieder in den Verkaufsraum.

»Ich werde die Tage wieder reinkommen und ein bisschen mehr Zeit mitbringen«, sage ich.

»Das würde mich freuen, Julia. Dann sehen wir … Was zum Geier …?« Zorn flammt in Johanns Augen auf.

»Was ist denn los?« Verwirrt folge ich Johanns Blick. Er stürmt schnaubend auf einen Mann Mitte dreißig zu, der in einem Buch blättert. Dessen Haar wird von einer grauen Wollmütze verdeckt und die braune Jacke wirkt viel zu leicht für diese eher winterlichen Temperaturen.

»Wollen Sie das Buch kaufen?«, raunt er ihn an.

Der junge Mann fährt erschrocken zu ihm herum. »Also, ich ... äh ...«

»Dachte ich's mir doch. Jeden Tag kommen Sie rein und grabbeln mit Ihren schmutzigen Fingern in unseren Büchern herum. Das dulde ich nicht länger. Entweder Sie kaufen etwas oder Sie verschwinden für immer. Das ist weder eine Bibliothek noch ein Obdachlosenheim.« Die Wut steht Johann ins Gesicht geschrieben. Sein Kopf ist feuerrot.

Sichtlich verlegen legt der Mann das Buch zurück ins Regal, murmelt »Verzeihung« und verschwindet.

Ich baue mich vor Johann auf und starre ihn geschockt an.

»Na, was denn?«, mault er.

»Da fragst du noch? Wie kannst du den Mann so behandeln? So kenne ich dich gar nicht. Und außerdem ist es doch nicht verboten, sich die Bücher anzuschauen.«

»Der kommt doch nur hierher, um sich aufzuwärmen.«

»Was für ein Quatsch. Das glaube ich nicht.«

Janine räuspert sich. »Er nimmt immer das gleiche Buch. *Die unendliche Geschichte.* Hat vielleicht einen Grund.«

Als ich ihre Worte höre, fasse ich kurzerhand einen Entschluss und nehme das Buch aus dem Regal. »Was bekommst du?«, will ich von Johann wissen.

»Zwanzig Euro.« Es klingt mehr wie eine Frage.

Hastig drücke ich ihm den Geldschein in die Hand und stürze aus dem Laden.

Suchend blicke ich auf der gut gefüllten Einkaufsstraße umher, in der Hoffnung, den Mann irgendwo zu entdecken. Weit kann er nicht sein. Am Ende der Straße mache ich jemanden aus, der eine graue Wollmütze trägt.

»Hey!« Im Laufschritt eile ich in seine Richtung und bekomme ihn bald am Ärmel zu packen. Als er sich zu mir umdreht, schaue ich in ein fremdes Gesicht. »Oh, Verzeihung. Ich habe Sie verwechselt.« Ich Dummkopf habe nicht einmal bemerkt, dass dieser Typ eine schwarze und keine braune Jacke trägt.

Gehetzt setze ich mich wieder in Bewegung. Und dann sehe ich ihn endlich. Mit hängendem Kopf hockt er auf einer der bronzenen Schweinefiguren und reibt sich seine vermutlich eiskalten Hände. Langsam gehe ich zu ihm herüber und bin mir nicht sicher, was ich sagen soll. Also halte ich ihm einfach das Buch unter die Nase.

»Hier. Das ist für dich.«

Als er zu mir aufschaut, versetzt sein Blick mir einen Stich. Ich sehe seine Freude – und gleichzeitig seinen Schmerz.

Kapitel 2
Maxim

H ier. Das ist für dich.«
Ungläubig starre ich auf das Buch, dann auf die junge Frau, die es mir entgegenhält. Sie war vorhin im Buchladen. Wegen ihrer roten Haare ist sie mir sofort aufgefallen. Obwohl sie nicht wissen kann, was mir dieses Buch bedeutet, steht sie vor mir. Mir fehlen die Worte und ich muss schlucken. Damit habe ich nicht gerechnet. Immerhin bringe ich ein kleines Lächeln zustande, als ich das Buch entgegennehme.

Sie lächelt zurück und im selben Moment macht sie auf dem Absatz kehrt.

»Hey! Warte doch!« Hastig springe ich auf und bekomme sie an ihrem Mantel zu fassen.

Sie wirbelt wieder zu mir herum und schaut mich fragend an.

»Ich … also … Danke. Du hast mir gerade ein ganz besonderes Geschenk gemacht.«

»Gern geschehen. Sieh es als Wiedergutmachung an. Das Verhalten meines Chefs war unmöglich.«

»Du arbeitest in dem Buchladen? Ich habe dich noch nie dort gesehen.«

»Früher einmal, ja. Dann bin ich wieder in meine Heimat zurückgekehrt.«

Ihren Akzent habe ich sofort bemerkt. »Du kommst aus …?«

»Irland.«

»Wow. Muss toll sein dort.«

Sie lächelt und eine unangenehme Stille tritt ein. Doch dann hüstelt sie leise und beginnt zu reden. »*Die unendliche Geschichte* also?«

Mein Blick fällt auf das dicke Buch in meiner Hand und wieder werde ich von Erinnerungen übermannt. »Ich habe es immer mit meiner Mutter gelesen.« Ich kann meiner Stimme nicht trauen und räuspere mich. »Bis sie starb.« Kurz flattert mein Blick zu ihr herüber.

Ihr Gesichtsausdruck hat sich verändert, ist weicher geworden. »Das tut mir sehr leid. War sie krank?«

»Krebs. Sie starb, als ich zwölf war.«

»Scheiße …« Ihre Stirn legt sich in Falten. Dann sagt sie: »Ich bin übrigens Julia.« Jetzt erscheint ihr Lächeln wieder und es steckt mich an.

»Maxim.«

»Hat mich gefreut, Maxim. Und pass gut darauf auf.« Sie deutet auf das Buch, dann wendet sie sich zum Gehen ab.

»Das werde ich. Und danke noch mal.«

Sie dreht sich noch einmal um und winkt. Kurz darauf verschwindet sie in der Menschenmenge und lässt mich mit rasendem Herzen zurück.

Wieder schaue ich auf das Buch. Es kommt mir vor, als hätten meine Mutter und ich erst gestern zusammen darin gelesen. Kaum zu glauben, dass inzwischen fast zweiundzwanzig Jahre seit ihrem dem Tod vergangen sind. Ich verstaue das Buch unter meiner Jacke und verschwinde aus dem Getümmel, an einen Ort, an dem ich allein sein kann.

Kapitel 3
Julia

Aufgeregt stehe ich vor Tessas Haus. Die Freude darauf, sie endlich wiederzusehen, ist nahezu unerträglich. Gerade, als ich die Klingel drücken will, höre ich Tessas Stimme hinter mir.

»Julia?«

Freudestrahlend drehe ich mich zu ihr um. Einen Wimpernschlag später liegen wir uns lachend und weinend zugleich in den Armen.

»Ich kann gar nicht fassen, dass du hier bist. Warum hast du nichts gesagt?«, fragt Tessa.

»Dann wäre es doch keine Überraschung gewesen.«

»Die Überraschung ist dir auf jeden Fall gelungen. Ich freue mich so sehr.« Meine Freundin drückt mir einen Kuss auf die Wange und scheint nicht gewillt, mich wieder loszulassen.

Und mir geht es genauso. Jeder Tag ohne sie schmerzte. Jetzt haben wir uns endlich wieder. Wenn auch nur auf Zeit. Ich löse mich aus ihrer Umarmung und schaue sie durch tränenverschleierte Augen an. »Ich habe es nicht mehr länger ausgehalten in Irland. Ich musste unbedingt wieder zu euch.«

»Wie lange wirst du bleiben?«

»Zwei Wochen.«

Tessa nickt. »Das ist nicht lange. Aber besser als nichts. Wenn es nach mir ginge, würdest du gleich ganz hierbleiben.«

»Glaub mir, wenn es nach mir ginge auch. Aber so einfach ist es eben nicht.«

»Ich weiß. Lass uns raufgehen. Wir haben uns viel zu erzählen.« Tessa nimmt meine Hand und zieht mich hinter sich her. Oben in ihrer geräumigen Dachgeschosswohnung schiebt sie mich zum Sofa und bedeutet mir, mich zu setzen.

»Hast du Hunger? Soll ich uns etwas kochen?«

»Nee, lass mal. Danke.«

»Na komm. So schlimm sind meine Kochkünste nun auch wieder nicht.«

Ich lache laut auf.

Tessa zieht einen Schmollmund. »Ich habe dazugelernt. Glaub ich.« Unschuldig grinst sie mich an und lässt sich neben mich aufs Sofa fallen.

»Das werde ich in den nächsten Tagen sicher mal testen. Aber heute lädt Mona euch zum Essen ein. Sie steht bereits in der Küche und hat alle Hände voll zu tun. Ihr seid doch dabei, oder?«

»Sehr gerne.«

Aufmerksam mustere ich meine Freundin. Sie hat sich kein bisschen verändert. Ihr langes braunes Haar fällt in leichten Wellen über ihre Schultern, ihre blauen Augen strahlen mich freudig an. »Du siehst richtig glücklich aus. Stimmt's? Wenn ich daran denke, was du alles durchgemacht hast, wird mir schlecht. Aber David scheint dir gutzutun.«

»Und wie er das tut. Er ist wundervoll.«

»Ich wünschte, du hättest gleich jemanden wie ihn gefunden. Stattdessen …« Ich mag gar nicht daran denken, was Tessa mit ihrem Ex-Mann erleben musste.

Sie zuckt mit den Schultern. »Als ich Marc damals geheiratet habe, konnte ich nicht ahnen, dass er sich zum Psychopathen entpuppen würde.«

»Nein, das hat niemand geahnt. Aber zum Glück ist er jetzt da, wo er hingehört.«

»Ja, zum Glück. Aber lass uns jetzt nicht über die Vergangenheit reden. Erzähl mir lieber von Irland. Wie geht es deinen Eltern?«

»Gut. Mein Vater ist fast wieder der Alte. Vor zwei Jahren hätte niemand gedacht, dass er sich wieder berappeln würde. Und Mum ist fit wie eh und je.«

»Und du? Wie geht es dir dort? Und ich will eine ehrliche Antwort. Ich habe nämlich das Gefühl, dass du mir jedes Mal ausweichst, wenn ich dich danach frage.«

Ertappt lehne ich mich zurück und mache eine wegwerfende Geste. »Eigentlich kann ich mich nicht beschweren. Es geht mir gut und ich liebe mein Zuhause.«

»Aber?«

Ich stoße laut Luft aus und mein Blick gleitet an Tessa vorbei. »Aber seit ich Bremen verlassen habe, spüre ich jeden Tag dieses verdammte Fernweh. Oder eher Heimweh? Als wäre ein Teil von mir hiergeblieben, als ich nach Irland zurückgekehrt bin.«

Tessa nickt verstehend. »Genau das habe ich mir gedacht. Warum hast du nie etwas gesagt? Vor mir brauchst du nicht die Starke spielen. Dafür kenne ich dich eh viel zu gut. Wissen deine Eltern, dass du dich so fühlst?«

»Keine Ahnung. Ich denke nicht. Jedenfalls habe ich nicht mit ihnen darüber gesprochen.«

»Gibt es da drüben denn irgendjemanden, dem du dich anvertrauen kannst?«

Wieder fühle ich mich ertappt. Tessa kennt mich genau. Sie ist neben Mona der einzige Mensch, mit dem ich jemals über meine eigenen Gefühle spreche. Ansonsten kümmere ich mich lieber um die der anderen. Die Antwort bleibe ich meiner Freundin schuldig, da sie sie ohnehin bereits kennt.

»Ach, Liebes. Manchmal musst du auch an dich denken, anstatt dich immer zurückzustellen. Na los, lade alles bei mir ab, was du auf dem Herzen hast. Jetzt sofort. Keine Widerrede!«

»Mir geht es wirklich gut, abgesehen davon, wie sehr ich alles hier vermisse. Es ist, als wäre mein Herz geteilt. Und manchmal wünsche ich mir, ich könnte an zwei Orten gleichzeitig sein. Aber das ist auch schon alles.«

»Wirklich?« Tessas durchdringender Blick verrät mir, dass sie mich längst durchschaut hat.

»Kannst du mir glauben. Obwohl …«

»Wusste ich's doch. Da ist noch etwas.« Sie grinst triumphierend.

»Nein. Ja … Also, ich hatte vorhin eine Begegnung, die mir nicht aus dem Kopf gehen will.«

Tessa richtet sich auf und schaut mich wie gebannt an. »Etwa mit einem Mann? Hast du jemanden kennengelernt?«

»Na ja, nicht wie du jetzt denkst.«

»Muss ich dir etwa alles aus der Nase ziehen?«

Da Tessa ohnehin keine Ruhe geben würde, erzähle ich ihr von Maxim und davon, wie Johann ihn aus dem Laden warf. Was ich ihr dabei aber verschweige, ist, wie sehr mich der Ausdruck in Maxims Augen getroffen hat. Doch wieder kann ich ihr nichts vormachen.

»Er gefällt dir also?«

»Wie kommst du denn darauf?«

»Ehrlich, Julia. Du hast noch nie über einen Mann geredet und dabei rote Wangen bekommen.«

Um meine Nervosität zu überspielen, boxe ich ihr lachend in die Seite. In dem Moment höre ich, wie der Schlüssel im Schloss umgedreht wird.

»Oh, David ist da. Warte kurz.« Tessa springt auf und geht ihm entgegen. Er schlingt seine Arme um sie und küsst sie innig. Dieser Anblick macht mich glücklich, doch zum ersten Mal versetzt er mir einen Stich. Dieses bisher unbekannte Gefühl bringt mich ein wenig aus der Fassung.

»Wir haben Besuch, Schatz.« Tessa gibt den Blick auf mich frei und David kommt mit einem warmen Lächeln auf mich zu. Wir hatten leider nie die Gelegenheit, uns näher kennenzulernen. Doch allein die Tatsache, dass er meine Freundin glücklich macht, hat dafür gesorgt, dass ich ihn sogleich in mein Herz geschlossen habe.

»Das ist aber eine schöne Überraschung.« David umarmt mich freundschaftlich. »Bleibst du länger?«

»Leider nur zwei Wochen.«

Davids Blick huscht zu seiner Frau. »Wie ich Tessa kenne, wird sie dich hierbehalten wollen. Pass auf, dass sie sich nicht irgendwo ankettet, wenn du wieder nach Hause fliegen willst.«

»Das könnte passieren«, wirft Tessa ein.

»Gibt Schlimmeres«, murmle ich. Dann würde mir immerhin der Abschied erspart bleiben.

Wir verbringen einen wundervollen Abend bei Mona und meinem Schwager Frank. Das Essen ist üppig, der Wein süffig. Bis tief in die Nacht reden und lachen wir miteinander. Beinahe fühlt es sich so an, als wäre ich nie weg gewesen.

Doch jetzt, wo ich in der Stille der Dunkelheit liege, überkommt mich sogleich wieder Wehmut. Gerade einmal zwei Wochen werde ich hier sein. Die Zeit wird viel zu schnell vergehen.

Und dann ist da noch Maxim. Ich habe das Gefühl, ihm helfen zu müssen. Dabei kenne ich ihn nicht mal. Aber etwas in mir schreit danach, zu erfahren, warum er so lebt. Allerdings frage ich mich, ob ich ihn überhaupt wiedersehen werde. Trotz der vielen Gedanken, die mir durch den Kopf schwirren, überrollt mich der Schlaf wie eine Lawine.

Der neue Tag beginnt spät für mich. Es ist bereits elf Uhr, als ich mich aus dem Bett schäle. Normalerweise bin ich ein Frühaufsteher, aber der gestrige Tag war lang und ereignisreich und hat mich wortwörtlich umgehauen. Träge schlurfe ich Richtung Bad, als mein Schwager den Flur betritt.

»Guten Morgen, du Langschläferin«, begrüßt mich Frank grinsend. »Du siehst irgendwie fertig aus. Zu viel Wein gestern, was?«

»Ach, frag nicht. Wo ist Mona?«

»Sie ist eben etwas einkaufen. Frühstück steht in der Küche. Ich muss leider kurz in die Firma. Irgendwelche Probleme mit dem Hauptserver.«

»Aber es ist doch Samstag.«

»Tja, die Maschinen interessiert es leider nicht, welcher Tag heute ist. Bis später.« Frank arbeitet in der IT-Abteilung eines großen Autowerks. Mona ist manchmal genervt, weil es regelmäßig vorkommt, dass er am Wochenende in die Firma muss. Ich finde, es gibt Schlimmeres. Immerhin hat er einen guten, sicheren Job. Das ist heutzutage nicht selbstverständlich.

In Irland jobbe ich in einer Bäckerei, manchmal helfe ich am Wochenende zusätzlich in einer Bar aus. Ich komme gerade so über die Runden, aber auch nur, weil ich bei meinen Eltern lebe. Doch ich könnte mir ernsthaft etwas Schöneres vorstellen, als mit dreiunddreißig noch bei ihnen zu wohnen. Gegen eine eigene kleine Wohnung in ihrer Nähe hätte ich durchaus nichts einzuwenden. Wenn das alles so einfach wäre …

Geistesabwesend kaue ich auf meinem Wurstbrötchen herum und hoffe, dass Mona gleich zurückkommt. Das Klingeln meines Handys reißt mich aus meinen Gedanken.

»Mona? Wo bleibst du denn so lange?«

»Ich habe einen platten Reifen. Bin wohl in einen Nagel gefahren. Jetzt warte ich auf den Pannendienst.«

»Oh. Wo steckst du denn? Soll ich kommen?«

»Kannst du einen Reifen wechseln?«

Ich lache laut auf. »Woher denn?«

»Eben. Also, mach dir keine Gedanken. Ich kriege das schon hin. Aber warte nicht auf mich, das könnte ein bisschen dauern.«

»Okay. Dann viel Glück. Hoffentlich musst du nicht zu lange in der Kälte herumstehen.« Missmutig lege ich auf. Den Tag habe ich mir irgendwie anders vorgestellt. Wer weiß, wann Mona es nach Hause schafft? Tessa und David sind heute leider verplant. Aber sie konnten schließlich nicht ahnen, dass ich urplötzlich aufkreuze. Dafür gehen wir morgen gemeinsam im *Coffee's* frühstücken. Doch was fange ich jetzt allein mit diesem angebrochenen Tag an?

Vielleicht könnte ich meine Freundin Eva besuchen. Gestern bin ich leider nicht mehr dazugekommen, bei ihr vorbeizuschauen. Also beschließe ich, sie zu überraschen. Entschlossen schnappe ich mir meinen Mantel, dessen Reißverschluss immer noch kaputt ist, und verlasse das Haus. Bis zu Evas Wohnung muss ich knapp zwanzig Minuten laufen, wenn ich schnell bin fünfzehn. Und bei Temperaturen um den Nullpunkt werde ich mich sputen.

In Gedanken bin ich schon bei Eva und ihrem kleinen Sohn Leo und lege einen Zahn zu. Kurz vor meinem Ziel, gerade als ich in die Falkenstraße einbiege, rauscht ein Radfahrer mit einem Affenzahn um die Ecke und fährt mich beinahe über den Haufen.

Erschrocken springe ich zu Seite. »Du meine Güte!«

Der Typ legt eine Vollbremsung hin und sieht sich zu mir um. »Sorry. Alles in … äh … Julia? Hi.«

Überrascht stelle ich fest, wie heftig mein Herz in meiner Brust hämmert. »Maxim? Warum zum Henker fährst du auf dem Bürgersteig?«

»Tut mir echt leid. Dumme Angewohnheit von mir.« Maxim setzt einen Unschuldsblick auf und schon habe ich ihm verziehen. Er trägt dieselbe Kleidung wie gestern, doch zu meiner großen Überraschung sieht sie sauber und ordentlich aus. Seine Mütze hat er schützend über die Ohren gezogen, die dünne Jacke immerhin bis oben zugezogen.

»Schon gut. Ist nichts passiert.«

»Zum Glück.«

In meinem Kopf arbeitet es. »Woher hast du überhaupt ein Fahrrad?« *Was ist das denn für eine dämliche Frage? Und was geht mich das eigentlich an?*

»Ach, das … Hab ich gefunden.«

»Gefunden also. Wie kommt es, dass ich dir das nicht abkaufe?«, frage ich mit einem Grinsen.

»Ehrenwort.«

Misstrauisch beäuge ich ihn und schüttle den Kopf. »Das kannst du deiner Großmutter erzählen.«

»Also schön. Ich zeige es dir.«

»Was willst du mir zeigen?«

»Na, woher ich es habe. Es wird dir gefallen.«

»Nee, lass mal.«

»Nun komm schon. Diesen Ort habe ich noch niemandem gezeigt. Du darfst dich also geehrt fühlen.« Maxim grinst mich schelmisch an und mustert mich abwartend.

Ich antworte nicht, dabei hat er mich längst überredet. Irgendwie zumindest. Ehrlich gesagt habe ich keine Ahnung, ob ich mitgehen soll. Vielleicht will er mich überfallen und ausrauben. Oder wer weiß was mit mir anstellen. Andererseits ist tief in mir drin der Wunsch, mehr über ihn zu erfahren.

»Meinetwegen. Wo geht's lang?«

»Ist ein Stück von hier entfernt. Also setz dich auf den Lenker. Der Gepäckträger ist leider nicht mehr tauglich für Fahrgäste.«

»Ich soll mich auf deinen Lenker setzen?« Entgeistert starre ich ihn an, er allerdings macht eine einladende Geste. »Du meinst das ernst.«

»Sicher. Das wird lustig.«

»Ganz bestimmt«, murmle ich vor mich hin. Umständlich steige ich auf und würde mich am liebsten an ihm festkrallen. Aber ich werde mich hüten. Außerdem wäre das rein technisch ohnehin nahezu unmöglich. Seine plötzliche Nähe ist mir unangenehm, komme ich doch sonst nie einem Mann sonderlich nahe, doch viel Zeit zum Nachdenken lässt er mir nicht.

»Dann kann's ja losgehen.« Als das Fahrrad sich in Bewegung setzt, stürze ich beinahe kopfüber hinunter. Im letzten Moment kann ich mich zum Glück fangen.

Maxim lacht laut auf. »Lehn dich gegen meine Schulter, dann ist es einfacher. Keine Angst, ich beiße nicht.« Noch mehr Nähe.

Innerlich sträube ich mich dagegen. Nur ein kleiner, ganz leiser Teil von mir ist der Meinung, ich solle das genießen. Dieses Gefühl ist mir völlig fremd und macht es nicht gerade besser. Aber wenn ich nicht von der Stange fallen will, bleibt mir eh keine andere Wahl. Also höre ich auf ihn und lehne mich vorsichtig zurück. Ich spüre Hitze in mir aufsteigen und bin froh, dass er mein Gesicht nicht sehen kann.

»Siehst du, klappt viel besser, oder?«

»Ja, geht schon«, presse ich hervor. Eine Weile fahren wir stillschweigend weiter. Ich habe nicht den leisesten Schimmer, wo wir sind. Es geht etwa vier bis fünf Kilometer stadtauswärts, quer durch den Bürgerpark und durch Straßen, die mir größtenteils unbekannt sind. Als es auf dem Lenker langsam wirklich unbequem wird, hake ich nach. »Wohin fahren wir überhaupt? Dauert es noch lange?«

»Sind gleich da.«

Wir passieren eine breite Straße, die von riesigen, im Jugendstil erbauten Villen gesäumt wird.

»Wow, das sind tolle Häuser«, sage ich staunend.

»Gleich darfst du eins von innen sehen.«

»Wie das?«

»Zwei Minuten Geduld.« Maxim biegt in eine ruhige Straße ein. Hier befinden sich kaum Häuser, dafür Bäume dicht an dicht.

Am Ende der Straße bremst Maxim abrupt ab, sodass ich erneut ins Straucheln gerate. Doch plötzlich spüre ich seinen Arm an meiner Hüfte, der mich im letzten Moment hält.

»Äh … danke.« Ich befreie mich aus seinem Griff und gleite von meiner Sitzgelegenheit. »Und was machen wir jetzt hier?«

Maxim deutet auf ein hohes Metalltor, welches völlig von Schlingpflanzen überwuchert ist. »Ich zeige dir jetzt *meine* Villa.«

»Deine Villa? Schon klar.«

»Na ja, sie gehört natürlich nicht mir. Aber sie steht seit vielen Jahren leer und keiner schert sich mehr darum. Deshalb habe ich sie zu meinem Rückzugsort auserkoren.«

Überrascht starre ich ihn an. Damit habe ich nicht gerechnet. »Wie jetzt? Einfach so?«

»Komm mit.« Er schiebt das Fahrrad ein Stück die Auffahrt hinauf und weicht dann nach rechts vom Weg ab. Unsicher schaue ich mich um, in der Hoffnung, dass uns niemand beobachtet. Ich folge ihm um das Grundstück herum, welches von einem hohen gusseisernen Zaun eingefasst ist. Dahinter wuchert eine ungepflegte Hecke und versperrt die Sicht auf das, was sich auf der anderen Seite verbirgt.

»Und wie sollen wir jetzt da reinkommen?«

Schmunzelnd zieht Maxim einen kleinen Schlüssel hervor. »Der gehört zum Gartentor. Es ist gleich um die Ecke.«

»Woher hast du den?« Mir ist überhaupt nicht wohl bei der Sache.

»Na, aus dem Haus natürlich. Er lag dort quasi für mich bereit.«

»Warum brichst du einfach in ein fremdes Haus ein? So etwas ...«

Maxim hebt den Finger und bremst mich aus. »Wie schon gesagt, niemand kümmert sich um das Haus. Wir haben früher in der Nähe gewohnt und es bei einem Spaziergang entdeckt. Schon als kleiner Junge hat es mich gereizt, es mir anzusehen. Und irgendwann ... hab ich's dann einfach gemacht.«

»Das ist ... Da fällt mir nichts zu ein. Ich gehe da nicht mit rein. Keine Chance.« Trotzig verschränke ich die Arme vor der Brust, um meine Ansicht zu unterstreichen.

»Aber neugierig bist du schon, oder?«

»Selbst wenn ...«

»Du würdest dich hinterher garantiert ärgern, wenn du es nicht machst.«

»Wie kommst du dazu ...«

»Also kommst du mit rein.«

Sein Grinsen ärgert mich und gleichzeitig sorgt es dafür, dass ich nicht mehr klar denken kann. Ich stoße laut Luft aus. Natürlich will ich wissen, wie es in diesem Haus aussieht. Aber einfach auf ein fremdes Grundstück eindringen – ohne mich. Andererseits, wenn es wirklich stimmt, was er sagt, schade ich damit niemandem. »Bitte schön, du hast gewonnen.«

»Das habe ich von Anfang an.«

Ganz schön selbstbewusst für jemanden in seiner Situation. Vermutlich bleibt einem da draußen nichts anderes übrig, als die Ellbogen auszufahren. Als wir das Gartentor erreichen, welches ebenfalls total zugewuchert ist, schaue ich mich erneut gehetzt um. Doch weit und breit ist niemand zu sehen. Maxim stellt das Fahrrad am Zaun ab, dann schiebt er vorsichtig ein paar Dornen zur Seite, öffnet das quietschende Tor und lässt mich eintreten. Ich höre, dass er mir folgt, vernehme erneut das Quietschen und das Zuschnappen des Schlosses, als er wieder abschließt.

Flüchtig drehe ich mich zu ihm um, schenke ihm einen unsicheren Blick, doch dann wende ich mich wieder dem Haus zu. Der einst mit Sicherheit prachtvoll angelegte, aber nun völlig verwilderte Garten wird von steinernen Tierskulpturen bewohnt. Ich entdecke einen Adler, der auf einem Sims thront, einen anmutigen Hirsch mit einem königlichen Geweih, einen Löwen, der im Schutz des ersten zarten Grüns nur zu erahnen ist. Ob das Kitsch oder Kunst ist, sei dahingestellt. Mir persönlich gefallen sie. Sie passen hierher, an diesen verwunschenen Ort. Knorrige Obstbäume säumen das Grundstück auf der Ostseite, linker Hand wuchern Rosenstöcke, die leider noch keine Blüten tragen. Die Natur erobert sich diesen Platz zurück. Auch das Haus ist größtenteils mit Efeu zugewachsen. An der weißen Fassade bröckelt der Putz ab, trotzdem man kann erahnen, wie prunkvoll diese Villa einmal gewesen sein muss.

Auf der linken Seite des dreigeschossigen Wohnhauses erstreckt sich ein riesiger, halbrunder Vorbau, auf dem sich in der ersten Etage eine großzügige Terrasse befindet. Die großen halbrunden Sprossenfenster sehen wundervoll aus und das schwarze Krüppelwalmdach verleiht der Villa eine herrschaftliche Ausstrahlung.

Mir entweicht ein leises »Wow«.

»Ich hab's dir doch gesagt.« Als ich Maxims Stimme an meinem Ohr flüstern höre, zucke ich erschrocken zusammen. Für einen Moment habe ich völlig vergessen, dass ich nicht allein hier bin. Wieder erschallt sein Lachen und ich lasse mich davon anstecken.

»Das ist der Wahnsinn!«

»Willst du wissen, wie es drinnen aussieht?«

»Was für eine Frage.« Neugierig folge ich Maxim durch einen Seiteneingang in einen Lagerraum. Eine geräumige Küche schließt daran an. Zu gern würde ich alles in Ruhe betrachten, aber Maxim zerrt mich am Ärmel weiter in einen breiten Flur, an dessen linker und rechter Seite jeweils eine prunkvolle Treppe mit goldverziertem Geländer in die erste Etage führt. Ich bleibe stehen, will mich umsehen, doch wieder drängt Maxim mich, ihm zu folgen.

»Das kannst du dir gleich alles in Ruhe angucken. Erst musst du das sehen.« Er öffnet eine breite Flügeltür und macht eine einladende Geste. Gleichzeitig zieht er seine Wollmütze vom Kopf und eine dunkelbraune Lockenflut kommt darunter hervor. In diesem Moment weiß ich gar nicht, wohin ich zuerst schauen soll, entscheide mich aber dann rasch, meinen Blick von ihm abzuwenden, bevor ich wieder rot werde.

Mir stockt der Atem, als ich den riesigen lichtdurchfluteten Saal betrete, der sich in dem Vorbau befindet. Das dunkle Fischgrät-Parkett knarrt unter meinen Füßen, während ich den Raum durchschreite und mich fassungslos staunend im Kreis drehe.

»Hier drin kann man ja tanzen.«

»Das lasse ich mir nicht zwei Mal sagen.« Schneller als ich gucken kann, greift Maxim nach meiner Hand und wirbelt mich durch den Saal. Lachend versuche ich, in seinen Takt zu kommen. Doch in dem Moment, wo es mir endlich gelingt, verändert sich der Ausdruck in seinen Augen schlagartig.

»Entschuldige, ich …« Er lässt mich los, macht auf dem Absatz kehrt und verlässt den Saal schneller, als ich gucken kann.

Was war das denn jetzt? Habe ich etwas falsch gemacht?

Kapitel 4
Maxim

Erinnerungsblitze schießen durch meinen Kopf, während ich mit Julia durch den Saal tanze. Obwohl keine Musik spielt, erklingt sie in meinen Ohren und wirft mich um ein paar Jahre zurück.

Ich erinnere mich an diesen Tag, als wäre es gestern gewesen. Es war die Hochzeit meines Schwagers Leon und einer der letzten glücklichen Tage, die ich mit Clarissa hatte. Zu »You light up my life« schwebte sie in meinem Arm über die Tanzfläche. Das Tanzen war ihre Passion, ist es vermutlich immer noch, und sie hat ihre Leidenschaft mit mir geteilt. Und dann kam der große Knall.

Von diesem Tag an habe ich nie wieder getanzt. Die Erinnerung daran schnürt mir die Kehle zu. Ich muss raus aus diesem Saal, weg von diesem schmerzhaften Gedanken.

Abrupt lasse ich Julia los und laufe hinaus, stürme die Treppe nach oben in die erste Etage und lasse die Tür des Kaminzimmers krachend hinter mir zufallen. Entkräftet lasse ich mich auf das mit dunkelgrünem Samt bezogene Sofa sinken und starre in die erkaltete Asche des Kamins.

Mein Blick fällt auf die Flasche Scotch, die auf dem Kaminsims steht. Ich brauche jetzt einen Schluck. Und zwar ganz dringend.

Gerade als ich aufspringen will, lässt mich ein verhaltenes Klopfen aufhorchen. Julia – ich habe sie völlig vergessen. Ich sehe, wie sich die Tür langsam öffnet und sie vorsichtig den Kopf hindurch steckt. Den Scotch kann ich jetzt wohl vergessen.

»Ist alles in Ordnung?« Sorge liegt in ihrem Blick.

»Komm ruhig rein.«

Sie zögert, kommt dann aber meiner Aufforderung nach und setzt sich ein Stück weit von mir entfernt aufs Sofa und mustert mich abwartend.

»Tut mir leid, ich wollte dich nicht einfach stehen lassen«, sage ich zerknirscht.

»Was war denn los?« Unsicherheit schwingt in ihrer Stimme mit.

Schweigend starre ich ins Leere und bleibe ihr die Antwort schuldig.

»Deine Mutter?«

Ich schüttle den Kopf. »Nein. Jemand anderes. Beim Tanzen wurde ich plötzlich von der Vergangenheit eingeholt. Aber das spielt jetzt keine Rolle.« Zur Bestätigung mache ich eine wegwerfende Geste. »Erzähle mir lieber etwas von dir. Wie kam es überhaupt, dass du von Irland nach Bremen gezogen bist?«

Glücklicherweise steigt sie sofort darauf ein. »Meine Schwester Mona war der Grund. Sie hatte ihren Mann im Urlaub kennengelernt. Es hat ordentlich gefunkt zwischen den beiden und dann ging sie zu ihm nach Deutschland. Ein paar Jahre später zog ich hinterher, weil ich sie schrecklich vermisst habe.«

»Und wie lange hast du hier gelebt?«

»Gut viereinhalb Jahre. Dann wurde mein Vater krank und ich ging wieder zurück.«

»In deine Heimat.«

Sie wirkt unschlüssig. »Sollte man meinen. Aber dann musste ich feststellen, dass meine Heimat *hier* ist. Oder irgendwo zwischen Irland und Bremen. Ich weiß es nicht.« Ihr Blick spricht Bände und in diesem Moment weiß ich genau, wie sie sich fühlt. Ihr Herz ist ebenso heimatlos wie meines. Weil es nirgendwo einen festen Platz hat.

»Ich verstehe das verdammt gut, das kannst du mir glauben.«

Das Grün ihrer Augen wird plötzlich dunkler und ihr Blick verändert sich, wird weicher. Sie nickt.

Am liebsten würde ich sie noch länger anschauen, aber sie wendet sich ab und schiebt ihre Brille zurecht. Plötzlich wirkt sie total nervös und ich finde es irgendwie hinreißend.

Eine Frage will meinen Mund verlassen, doch ich weiß nicht, welchen Sinn es macht, sie zu stellen. Trotzdem purzeln die Worte aus mir heraus. »Wartet in Irland jemand auf dich? Also … Mann oder Freund?«

Sichtlich entrüstet reißt sie die Augen auf. »Du meine Güte. Nein! Hör mir bloß damit auf.«

»Äh …« Okay. Das war wohl die falsche Frage. Aber warum regt sie sich so sehr auf?

»Von Männern will ich nichts wissen.« Wieder verschränkt sie die Arme vor der Brust, wie sie es vorhin vor dem Haus schon getan hat.

»Schlechte Erfahrungen?«

»Das geht dich nichts an«, entgegnet sie schnippisch.

»Hast recht. Sorry.«

Sie stößt laut Luft aus und lässt sich gegen die Rückenlehne des Sofas plumpsen. »Ehrlich gesagt habe ich gar keine Erfahrungen.«

»Jetzt wird's interessant. Hast du keine Lust auf Beziehung oder ist dir nur noch nicht der Richtige begegnet?« Neugierig beuge ich mich vor.

Ihr widerwilliger Blick macht es noch spannender. Ich habe das Gefühl, dass sie nicht darüber reden und es gleichzeitig aber loswerden will. »Keine Lust.«

»Weil?«

»Weil dieser ganze Beziehungskram ohnehin nur Stress und Kummer bringt. Dafür bin ich mir zu schade.«

»Das kann zwar passieren, aber normalerweise sollte eine Beziehung doch etwas Schönes sein. Woher kommt diese Einstellung?«

Sie zieht die Stirn kraus und ich würde zu gern wissen, was dahinter vor sich geht.

»Meine älteste Schwester Loreen hat mit gerade mal zwanzig Jahren geheiratet. Ich war damals sechs. Sie liebte diesen Kerl abgöttisch, aber er hat sie all die Jahre mies behandelt. Sie saß unzählige Male tränenüberströmt bei meiner Mum in der Küche, weil es wieder Ärger gab. Er war aggressiv, hat ihre ganze Kohle verzockt und mit der Treue hatte er es auch nicht so. Erst nach vierundzwanzig Jahren hat sie den Entschluss gefasst, sich endgültig von ihm zu trennen. Das Schlimmste ist, dass sie immer noch an ihm hängt. Das ist einer der Gründe, weshalb ich mich lieber von Männern fernhalte. Das war verdammt prägend.«

»Das ist natürlich heftig. Aber nur *ein* Beispiel. Was ist zum Beispiel mit deinen Eltern? Oder deiner anderen Schwester?«

»Die haben halt einfach Glück gehabt.«

»Du könntest ebenfalls Glück haben, wenn du dich traust.«

»Vielleicht. Oder es geht mir wie meiner besten Freundin«, brummt sie.

»Lass hören.«

Ihre Haut wird noch blasser, als sie ohnehin schon ist. »Tessa und ihr Mann Marc waren das absolute Traumpaar. Zumindest glaubte das jeder, der sie zusammen sah. Aber dann hat sich das Blatt auf einmal gewendet und Marc entpuppte sich als Psychopath.« Wut lodert in Julias Augen.

»Inwiefern?«

»Er hat Tessa über Monate hinweg betrogen. Als sie es herausfand und sich von ihm trennen wollte, war er plötzlich wie besessen von ihr und wollte unter keinen Umständen, dass sie ihn verließ. Er stellte ihr nach, wohin sie auch ging, und bedrohte sie sogar.«

»Ist ihr etwas passiert?«

»Beinahe ja. Zum Glück war David aber rechtzeitig zur Stelle. Er hat ihn zum Teufel gejagt.«

»David ist …?«

»Jetzt ihr Mann. Aber fast wäre es nicht dazu gekommen. Marc hat ihn eines Abends vor Tessas Haus niedergeschlagen und ihn etliche Kilometer weiter einfach in einem Waldstück abgelegt. Wenn man ihn nicht rechtzeitig gefunden hätte …«

»Scheiße.«

»Das kannst du laut sagen.«

»Wurde der Typ gefasst?«

»Ja, Gott sei Dank. Er war untergetaucht, doch nach ein paar Wochen wurde er unvorsichtig und hat bei der Bank einen dicken Batzen Geld abgehoben. Die Polizei hat ihn wenig später aufgespürt.«

»Und jetzt sitzt er?«

»Ja. Und das hoffentlich für eine sehr lange Zeit.«

»Das ist echt krass … Aber selbst deine Freundin hat nach dem Erlebten der Liebe nicht abgeschworen. Vielleicht solltest du mal darüber nachdenken.«

Sie zuckt scheinbar beiläufig mit den Schultern, steht auf und sieht sich im Raum um. Ehrfürchtig streicht sie über die edle Blumentapete. Da es den Eindruck erweckt, dass sie nicht weiter darüber reden will, wechsle ich das Thema.

»Das ist mein Lieblingsraum.«

»Das sieht man. Du hältst dich hier anscheinend öfter auf.« Sie deutet auf den Berg leerer Flaschen und wirft mir einen kritischen Blick zu.

Unbehaglich ziehe ich die Schultern nach oben. »Äh … ja. Die haben sich im Laufe der Jahre angesammelt. Irgendwann wusste ich nicht mehr, wie ich das alles wegschaffen soll.« *So ein Mist. Was wird sie jetzt von mir denken?*

Julia lässt sich jedenfalls nichts anmerken und schaut nach draußen in den Garten. »Der Ausblick von der Terrasse ist wundervoll.« Sie öffnet die Tür und tritt ins Freie.

Ich weiß nicht, ob ich ihr hinterhergehen soll oder ob sie das macht, um vor mir zu flüchten. Daher bleibe ich sitzen und warte ab.

Als sie wenige Minuten später wieder hereinkommt, lächelt sie. »Zeigst du mir die anderen Räume?«

»Na klar.« Es fällt mir schwer, nicht im Kreis zu grinsen. Und in diesem Moment muss ich mir eingestehen, dass Julia bereits dabei ist, mein Herz im Sturm zu erobern.

Aber das kann niemals gut gehen. Sie hasst Männer. Okay, vielleicht ist das ein bisschen zu krass ausgedrückt. Aber selbst, wenn es nicht so wäre, würde sie bestimmt niemanden wie mich wollen. Einen Typen, der sein Leben vor die Wand gefahren hat. Außerdem wird sie bald wieder nach Irland zurückkehren. Es ist aussichtslos.

Kapitel 5
Julia

»Danke fürs Mitnehmen«, sage ich, nachdem Maxim mich wieder in die Stadt gefahren hat. *Oh Mann, fällt mir wirklich nichts Besseres ein?*

»Ich danke dir für den schönen Tag.« Maxim strahlt mich durch seine graublauen Augen an und ich wünsche mir, dass sich der Boden unter meinen Füßen auftut und ich wortlos verschwinden kann.

Warum, um alles in der Welt, macht er mich bloß so nervös? Ich will das nicht. Es gibt mir das Gefühl, die Kontrolle zu verlieren.

»Ich … muss jetzt leider los.«

Er nickt und ich erkenne in seinem Blick so etwas wie Bedauern.

»Bis dann mal.«

»Bis dann, Julia. Ich hoffe, wir sehen uns noch mal, bevor du wieder abreist.«

»Ganz bestimmt. Ich bin noch eine Weile hier.« Lächelnd wende ich mich zum Gehen ab. Er hofft also, mich wiederzusehen. *Und ich? Will ich das auch?* Wenn ich das nur wüsste.

»Wo hast du denn so lange gesteckt?«, will Mona wissen, als ich wieder nach Hause komme.

»Ach … ich bin nur ein wenig durch die Gegend geschlendert.« Ich muss es ihr ja nicht direkt auf die Nase binden. »Aber es war verdammt kalt. Könntest du vielleicht meinen Mantel reparieren?«

Mona lacht laut auf. »Willst du dich nicht endlich davon trennen?«

»Niemals.« Grinsend werfe ich meinen Mantel zu ihr herüber.

»Ich kümmere mich gleich morgen früh darum. Den wirst du nämlich brauchen.«

»Wofür?«

»Wir beide fahren am Montag für fünf Tage nach Paris.« Triumphierend strahlt sie mich an.

»Wie bitte?«

»Du hast richtig gehört. Ich weiß doch, wie sehr du Paris liebst. Und das Angebot war unschlagbar. Da konnte ich gar nicht anders.«

»Mona, das ist …« Eigentlich sollte ich gerade vor Freude platzen. Denn tatsächlich bin ich Paris verfallen, seit Mona und ich zum ersten Mal dort waren, und sie hätte mir keine größere Freude bereiten können als diese. Aber wenn ich weg bin … *Oh nein, ärgere ich mich gerade wirklich darüber, Maxim dann nicht wiedersehen zu können?* Zumal ich nicht einmal weiß, ob wir uns überhaupt noch mal über den Weg laufen würden. *Julia, dreh jetzt nicht durch!*

Ich zwinge mich zu einem Lachen und falle meiner Schwester um den Hals. Wir fahren in die Stadt der Liebe. Welch Ironie.

Paris rauscht an mir vorbei. Zwischen Louvre, Notre-Dame und Eiffelturm gelingt es mir immerhin, nicht ständig an Maxim zu denken. Darüber bin ich mehr als erleichtert. Trotzdem ist unterschwellig stets dieses Gefühl da, lieber in Bremen als hier zu sein. Aber ein paar Tage bleiben mir noch, bevor ich wieder nach Irland fliege.

Wir sitzen gerade beim Frühstück in einem kleinen Café im Künstlerviertel. Gedankenverloren kaue ich auf meinem Croissant herum und starre aus dem Fenster.

»Was ist eigentlich los mit dir, Julia? Du bist dauernd abwesend. So kenne ich dich gar nicht.« Mona mustert mich mit forschendem Blick.

»Es ist nichts.«

»Nichts sieht aber anders aus.«

»Ach, ich weiß nicht.«

»Was weißt du nicht?« Mona beugt sich über den kleinen Tisch und rückt sich direkt in mein Sichtfeld. »Erzähl.«

»Ich habe im Buchladen jemanden kennengelernt. Aber mehr gibt es da nicht zu erzählen.«

»Etwa einen Mann?« Sie reißt sichtlich überrascht die Augen auf. Jetzt habe ich ihre volle Aufmerksamkeit und weiß genau, sie wird nachbohren. So, wie sie es immer tut. Aber was erwarte ich auch, gerade, wenn es um einen Mann geht? Das ist so was wie das achte Weltwunder.

»Natürlich rede ich von einem Mann.«

»So natürlich ist das bei dir nicht. Wie ist das denn passiert?«

Ich zucke mit den Schultern und schaue sie ratlos an. Ich weiß es selbst nicht.

»Nun lass dir nicht alles aus der Nase ziehen.«

»Also schön. Du gibst ja doch keine Ruhe.« Haarklein erzähle ich Mona jede Einzelheit und ihre Augen werden immer größer.

Als ich meine Erzählungen beende, starrt sie mich eine Weile wortlos an. Dann schüttelt sie lächelnd den Kopf. »Also echt, Julia. Da lernst du endlich jemanden kennen und dann ist es total verkorkst. Kannst du dir nichts Einfacheres aussuchen?«

»Sehr witzig. So was sucht man sich doch nicht aus. Und wenn es nach mir ginge, würde Maxim nicht andauernd durch meine Gedanken schleichen. Irgendwas scheint da oben nicht mehr zu funktionieren.« Genervt tippe ich mir an die Stirn.

»Falsch. Jetzt funktioniert endlich alles richtig.«

Augenrollend verschränke ich die Arme vor der Brust. »Ich will es aber nicht.«

»Offensichtlich sieht dein Herz die Sache anders.«

»Und was soll ich jetzt dagegen tun?«

»Ich würde sagen, gar nichts. Wenn es nur nicht so kompliziert wäre. Immerhin fliegst du in gut einer Woche wieder nach Hause.«

»Und er lebt auf der Straße.«

»Ja, schon. Aber das ist nichts, was man nicht ändern kann.« Missmutig schüttle ich den Kopf. »Lass uns jetzt bitte über etwas anderes reden.«

»Okay. Bis morgen lasse ich dich damit in Ruhe. Wir genießen den letzten Tag hier. Aber wenn wir wieder in Bremen sind, wirst du nach ihm suchen.«

»Und was soll das bitte bringen?«

»Das wirst du dann merken.«

Am Freitagnachmittag landen wir wieder in Bremen. Ich bin müde von den vielen Eindrücken der letzten Tage, doch gleichzeitig von einer inneren Aufregung erfüllt.

»Und, wirst du gleich losgehen?« Mona stupst mich kichernd in die Seite.

»Wohin?«

»Nach Maxim suchen?«

»Äh – nein? Tessa wollte nachher vorbeikommen. Schließlich fliege ich nächsten Samstag wieder zurück und wir haben einiges nachzuholen.«

»Das ist die schlechteste Ausrede überhaupt.«

»Du weißt, dass das nicht stimmt.«

»Dann werde ich dich aber morgen darauf festnageln.«

»Warum bist du so besessen davon, dass ich Maxim wiedersehe?«

»Weil es das erste Mal ist, dass ein Mann in deinem Leben eine Rolle spielt.«

Mir fällt kein Gegenargument ein. Denn sie hat natürlich recht. Trotzdem liegt mir nichts ferner, als mich auf eine Beziehung einzulassen. *Ist das wirklich so?*, schreit eine Stimme in meinem Kopf. So oder so ist die Sache vollkommen aussichtslos.

»Was denkst du denn, was ich jetzt machen soll?« Ratlos starre ich meine beste Freundin an. Wir sitzen in meinem Zimmer auf dem Bett, zwischen uns liegt eine kalt gewordene Pizza Hawaii auf einem Teller.

»Ha, endlich stellst du *mir* solche Fragen. Sonst war ich immer diejenige, die dir die Ohren vollgeheult hat.« Tessa hält kurz inne und mustert mich lächelnd. »Weißt du was? Ich glaube, Mona hat recht. Du solltest Maxim finden und versuchen, mehr über ihn zu erfahren.«

»Aber was soll das denn bringen? Ich fliege in ein paar Tagen zurück nach Irland.«

»Das macht die Sache zwar nicht gerade leichter, aber ich denke, wenn du es nicht tust, wirst du es bereuen. Es hat sicher einen Grund, dass ausgerechnet er dein Herz berührt.«

»Wahrscheinlich ist es bloß Mitleid.«

»So ein Quatsch. Nur weil man Mitleid mit jemandem hat, bekommt man keine roten Wangen und glänzende Augen, wenn man von ihm spricht. Da steckt mehr dahinter – auch, wenn du dir das selbst nicht eingestehen willst.« Tessa wirft mich lachend mit einem Kissen ab. Ich vergrabe mein Gesicht darin, weil ich wieder rot anlaufe, und schreie hinein.

»Ist es wirklich so schlimm, verliebt zu sein?«, fragt Tessa nachsichtig.

»Ach, ich weiß es doch auch nicht.«

»Warte ab. Lernt euch besser kennen. Und wenn es zwischen euch beiden funkt, reist er dir vielleicht sogar nach Irland hinterher. Oder besser: Du kommst wegen ihm endlich wieder nach Bremen zurück.«

Bei diesem Gedanken muss ich lächeln. Es klingt einfach zu schön, um wahr zu sein.

Es ist gerade einmal sechs Uhr, als ich die Augen aufschlage. Das war's dann wohl mit Ausschlafen. Ich bekomme kein Auge mehr zu und frage mich stattdessen, wo ich Maxim finden könnte und worüber ich mit ihm reden soll. Kann ich ihm wirklich all die

Fragen stellen, die mir durch den Kopf schwirren? Weshalb er auf der Straße lebt und vor allem, wie lange schon? Und wie sich dieses Leben anfühlt?

Bevor ich wahnsinnig werde, knipse ich die Nachttischlampe an und schnappe mir mein Buch. Doch ich kann mich einfach nicht darauf konzentrieren. Also stehe ich auf und nehme ein Bad. Allerdings wirkt das nicht besonders entspannend.

Während ich kauend am Frühstückstisch sitze, strahlt die Sonne durchs Fenster herein. Ich öffne es weit und lasse die erstaunlich milde Luft in den Raum strömen. Endlich stehen alle Zeichen auf Frühling.

»Du bist aber früh auf. Konntest du nicht schlafen?« Ein ziemlich verschlafener Frank steht in der Tür und lechzt offensichtlich nach einem starken Kaffee. Seine braunen Haare stehen kreuz und quer in alle Richtungen.

»Nein, irgendwie nicht«, antworte ich auf dem Weg in die Küche. Mit einer dampfenden Tasse kehre ich zu Frank zurück und reiche sie ihm. »Schläft Mona noch?«

»Ja. Offensichtlich war sie ziemlich platt nach eurem Paris-Trip.«

»Kein Wunder. Sie hat mich permanent durch die Stadt gejagt. Na, dann lass sie in Ruhe ausschlafen. Ich gehe ein bisschen spazieren.«

»Spazieren, he?« Sein Grinsen sagt alles.

»Och nee, hat Mona etwa geplaudert?«

»Na ja, das ist schließlich *die* Neuigkeit!«

»So ein Quatsch.« Genervt rolle ich mit den Augen, auch wenn ich weiß, dass er recht hat. Bis vor ein paar Tagen hatte ich keine Ahnung, wie es sich anfühlt, diese berühmten Schmetterlinge im Bauch zu haben.

»Du bist aber hoffentlich vorsichtig.«

»Wie meinst du das?«

»Na ja, er ist obdachlos. Nicht, dass er dich nur ausnutzen will.«

»Das glaube ich nicht.«

»Hoffentlich liegst du richtig. Ich will dich auch gar nicht verunsichern. Pass einfach nur auf dich auf, okay?«

»Mach ich. Keine Sorge. Ich bin dann weg.«

»Viel Spaß.«

Ziellos laufe ich durch die Straßen und habe keine Ahnung, wo ich Maxim finden könnte. Wo mag er wohl schlafen? In einer Notunterkunft vielleicht? Irgendwo in einem verlassenen Gebäude? Oder in der Villa? Ich hoffe auf Ersteres, denn alles andere wäre bei den nächtlichen Temperaturen unzumutbar. Aber wo gibt es solche Unterkünfte in Bremen? Mit so etwas musste ich mich glücklicherweise nie befassen. Ich befrage die Suchmaschine auf meinem Handy und erhalte ein paar Treffer. Aber was nützt mir das jetzt? Ich kann schließlich nicht einfach da antanzen und nach ihm fragen.

Ratlos stehe ich an der Schlachte, der historischen Uferpromenade mit den vielen Bars und Restaurants, und lasse den Blick über die Weser streifen. Inzwischen habe ich die halbe Altstadt abgegrast. Vielleicht sollte ich ihn an der Villa suchen. Aber wie komme ich denn jetzt dahin? Ich erinnere mich zwar, wie die Straße heißt, aber das war's auch schon. Zu Fuß wäre es viel zu weit. Ob ich Tessa jetzt schon anrufen kann? Bevor ich diesen Gedanken zu Ende denke, klingelt mein Handy.

»Tessa? Das war jetzt aber Gedankenübertragung. Ich habe mich gerade gefragt, ob du schon wach bist.«

»Guten Morgen, Liebes. Ich dachte, du brauchst vielleicht ein bisschen Unterstützung. Oder hast du Maxim gefunden?«

»Leider nicht. Ich würde gern zur Villa. Aber das ist ziemlich weit zu laufen.«

»Ich fahre dich hin, kein Problem. Wo steckst du denn?«

»Bin gerade an der Schlachte. Ich komme einfach rüber zu dir.«

»Perfekt. Bis gleich.«

Beschwingt überquere ich die Weser über die Wilhelm-Kaisen-Brücke und beobachte ein paar Möwen dabei, wie sie kreischend über mich hinwegfliegen. Als ich wenige Minuten später in Tessas Straße einbiege, wartet sie bereits vorm Haus.

»Da bist du ja!« Sie umarmt mich herzlich und ich bin glücklich, dass sie gerade jetzt für mich da ist. »Steig ein.« Tessa deutet auf ihr Auto.

Mit einem mulmigen Gefühl im Bauch nenne ich ihr die Straße und wir lassen uns den Weg navigieren. Je näher wir an unser Ziel kommen, desto unruhiger werde ich. »Und wenn er nicht da ist?«

»Dann suchen wir weiter«, entgegnet Tessa bestimmt.

»Und was, wenn er da ist?«

»Na, was wohl? Dann redest du mit ihm und ihr macht euch einen schönen Tag.«

»Das klingt so einfach bei dir.«

»Ist es auch, Süße. Ihr habt euch doch schon miteinander unterhalten. Oder habt ihr euch etwa die ganze Zeit angeschwiegen?«

»Nein, haben wir nicht.«

»Siehst du? Sei einfach du selbst. Du hast keinen Grund, nervös zu sein.« Tessa biegt in die Allee ein und schaut sich suchend um.

»Es ist noch ein Stückchen. Da vorne.« Ich deute auf die Villa und mein Herz macht einen kleinen Sprung.

»Wow. Sieht toll aus. Verwunschen. Jetzt muss nur noch dein Märchenprinz hier sein.«

»Er ist nicht mein Märchenprinz.«

Tessa grinst, parkt den Wagen und steigt aus. Ich zögere, da reißt Tessa meine Tür auf.

»Bist du da drinnen angewachsen?«

»Ich komme ja.«

Gemeinsam stehen wir vor dem großen, überwucherten Tor und schauen daran hoch.

»Und jetzt?«, will Tessa wissen.

»Wir sind neulich hinten durchs Gartentor reingegangen.«
Sofort setzt Tessa sich in Bewegung und zieht mich am Arm mit
sich. *Warum bin ich so unfassbar aufgeregt?* Ich weiß nicht einmal,
ob er hier ist. Doch als wir die Hinterseite des Grundstücks erreichen, sehe ich sein Fahrrad dort stehen. »Oh nein, er ist hier.«

»Was heißt hier *Oh nein?* Deshalb sind wir doch hergekom-
men.«

»Ja, aber …«

»Kein aber. Du gehst da jetzt rein.«

»Das Tor ist sowieso verschlossen. Er hat es letztes Mal auch
abgeschlossen, nachdem wir reingegangen sind.«

»Ach ja?« Tessa drückt energisch die Klinke und mit einem
leisen Quietschen öffnet sich das Tor. »Sesam öffne dich!« Mit
einem triumphierenden Lächeln steht sie vor mir.

Mein Puls beschleunigt sich rasant. »Ich glaub, mir wird
schlecht.«

»Diese Ausrede lasse ich nicht gelten. Du schaffst das. Ich
habe einige Dates hinter mir, ich weiß, wovon ich spreche.«

»Das ist kein Date.«

»Aber es könnte eins draus werden.« Sie wirkt überzeugt und
ein bisschen lasse ich mich von ihrer Euphorie anstecken.

»Also schön.«

»Ich warte hier unten, bis du mir eine Mail schickst, dass alles
okay ist. Abgemacht?«

»Abgemacht.«

Unsicher trete ich in den verwilderten Garten und schließe
das Tor hinter mir. Ich drehe mich zu Tessa um, die mir aufmunternd zulächelt und wild mit der Hand rumwedelt, um mir zu
bedeuten, dass ich weitergehen soll. Nachdem ich mir einen Weg
vorbei an den Skulpturen gebahnt habe, bleibe ich vor dem Seiteneingang stehen, hole tief Luft und sammele mich. Mit feuchten Fingern drücke ich schließlich die Klinke und betrete den Lagerraum, durchschreite die Küche und komme im Flur zum
Stehen. Nichts ist zu hören. Ob ich einfach direkt zum Kaminzimmer raufgehen soll? Nein, lieber nicht.

»Maxim?«, frage ich verhalten. Nichts passiert. Dann eben lauter. »Maxim? Bist du hier?«

Von oben vernehme ich plötzlich ein leises Rumpeln, dann öffnet sich eine Tür und Maxim beugt sich über das Geländer und schaut auf mich herab.

»Julia! Das ist aber eine Überraschung.« In Windeseile hechtet er die Treppe herunter und bremst erst kurz vor mir ab. »Ich habe befürchtet, ich würde dich gar nicht mehr sehen.«

»Meine Schwester hat mich nach Paris verschleppt. Deshalb war ich ein paar Tage von der Bildfläche verschwunden.«

»Die Stadt der Liebe.« Er lächelt verwegen und ich spüre wieder diese dämliche Hitze in meine Wangen schießen.

Beschämt senke ich den Blick. »Ja, wunderschöne Stadt.«

»Ich war nie dort.«

Ich schweige, weil ich mich frage, wann er das letzte Mal verreist sein mag. Wenn überhaupt.

»Aber du kannst mir davon erzählen.«

»Gerne.« In dem Moment brummt das Handy in meiner Jackentasche. Tessa. Ich habe sie völlig vergessen. »Oh, warte kurz.«

Alles okay, Süße? Hast du Maxim gefunden?

Ja, er ist hier. Alles gut.

Dann viel Spaß. Und wenn du mich brauchst, ruf an.

Ich bemerke, dass Maxim mich sichtlich neugierig mustert.

»Sorry. Ich musste Tessa kurz Bescheid geben. Sie hat mich hergebracht.«

Ein Lächeln stiehlt sich auf sein Gesicht. »Also hast du ihr von mir erzählt?«

»Mit ihr rede ich über alles.«

»Und was genau ist das so?« Plötzlich wirkt er verunsichert.

»Sei nicht so vorwitzig. Erzähl mir lieber etwas von dir. Ich weiß fast gar nichts über dich.«

»Das könnte ich von dir ebenso behaupten. Aber gut – du darfst mich mit Fragen löchern. Lass uns raufgehen. Ich habe gerade Feuer im Kamin gemacht.«

Ich folge ihm die Treppe hinauf in das behaglich warme Kaminzimmer und lasse mich neben ihm auf dem samtenen Sofa nieder. Sofort fällt mir auf, dass der Flaschenberg kleiner geworden ist. Offenbar war ihm das Chaos unangenehm. *Und wo fange ich nun an?* Keinesfalls will ich ihm mit meinen Fragen vor den Kopf stoßen oder zu nahe treten.

»Schieß los. Was willst du wissen?«

»Wie kommt es, dass du auf der Straße lebst?« Die Worte poltern ungewollt aus meinem Mund heraus.

Ich sehe, wie sich sein Adamsapfel bewegt, als er schluckt. Bestimmt war meine Frage zu direkt. Doch dann blickt er mir offen in die Augen. »Das ist eine längere Geschichte.«

»Ich weiß nicht, was du heute noch so vorhast. Aber ich habe Zeit.«

»Meinetwegen. Ich fange am besten ganz von vorne an. Ich war nämlich als Teenager schon auf der Straße.«

»Wie bitte?« Fassungslos starre ich Maxim an.

»Nach dem Tod meiner Mutter lebten mein Vater und ich noch gut eineinhalb Jahre in unserem Haus in Bremen. Er litt genauso sehr wie ich. Dachte ich zumindest. Bis er mir seine neue Flamme vorstellte.«

»Oh.«

»Plötzlich drehte sich alles nur noch um seine ach so tolle Petra. Als ich vierzehn war, heiratete er sie und wir zogen nach Bremerhaven um. Er hat mich nicht einmal gefragt, was ich davon halte.«

Mein Magen zieht sich krampfhaft zusammen. Das ist zu viel für ein Kind, das sowieso schon so viel durchmachen musste. »Wie bist du damit umgegangen?«

»Gar nicht. Habe das überhaupt nicht verpacken können. Ich wollte nicht raus aus unserem Haus, nicht weg von meinen Freunden. Und Petra …« Maxim hält inne und starrt auf seine geballten Fäuste. Ohne mich anzusehen, fährt er fort. »Wie habe ich diese Frau gehasst. Sie hat mir von Anfang an das Gefühl gegeben, ihr ein Dorn im Auge zu sein.«

»Und dann?«

»Bin ich von zu Hause abgehauen … was man so zu Hause nennt.«

Entsetzt ziehe ich die Luft ein. »Du bist tatsächlich schon so lange auf der Straße?«

»Nein, nein. Nach ein paar Wochen haben sie mich in Bremen wieder aufgegabelt. Mein Vater ist fast umgekommen vor Sorge und hat mir versprochen, dass alles besser werden würde.«
Maxims Fuß donnert gegen einen kleinen Beistelltisch, der mit einem lauen Krachen aufs Parkett knallt. Erschrocken fahre ich zusammen. »Sorry«, murmelt er und wirft mir einen verstohlenen Blick von der Seite zu.

»Ich nehme an, es wurde nicht besser?«

Er zuckt mit den Schultern. »Anfangs war es erträglich. Aber mit der Zeit habe ich immer wieder mitbekommen, dass Papa meinetwegen mit Petra stritt. Noch schlimmer wurde es, als mein Halbbruder Eric geboren wurde. Da war ich fünfzehn. Sie wollte nicht mal, dass ich mit ihm spiele. Mit meinem eigenen Bruder. Ich wäre schlechter Umgang für ihn, weil ich nichts auf die Reihe bekäme.«

»War das denn so?« Ich beiße mir auf die Zunge.

»Pfff … Nur weil ich kein Einser-Schüler war? Ich war vielleicht nicht der Klassenbeste, aber das war mein einziger Fehler. Ich habe mir echt Mühe gegeben, damit zu Hause Frieden herrscht. Mit sechzehn habe ich eine Maurerlehre angefangen und hart gearbeitet. Aber auch das war ihr nicht gut genug. In der Zeit ging mir das aber am Arsch vorbei. Ich hatte meine erste Freundin und war bis über beide Ohren verknallt. Das hat meine Situation echt erträglich gemacht.«

»Immerhin.«

»Zu Hause brannte aber schon bald wieder die Luft. Nachdem ich meine Lehre beendet hatte, wurde ich nicht übernommen. Es war ein kleiner Betrieb, der sich am Existenzminimum befand. Und ich fand auf die Schnelle nichts anderes. Da ist Petra komplett ausgetickt und hat mich auf die Straße gesetzt.«

»Was? Einfach so? Und dein Vater hat nichts dagegen unternommen?« Unverständnis macht sich in mir breit.

»Tja, es war ihr Haus. Und sie hatte die Hosen an. Mein Vater war ihr vollends verfallen, der hatte nicht viel zu melden.«

»Das geht echt gar nicht«, platzt es wütend aus mir heraus. Etwas milder fahre ich fort: »Was ist dann passiert?«

»Ich bin erst mal bei Clarissa untergekommen.« Er muss meinen fragenden Blick bemerken, denn er ergänzt: »Meine Freundin. Das ging ungefähr ein Jahr gut. Doch als ich immer noch arbeitslos war, wollten ihre Eltern das nicht mehr mitmachen und drängten sie dazu, einen Loser wie mich zu verlassen.«

»Und dann hat sie dich tatsächlich sitzen lassen?«

»Im Gegenteil. Es war ihr völlig egal, was ihre Eltern von mir hielten. Wir haben uns eine eigene Bude gesucht und sogar geheiratet. Sie war nach meiner Mutter der einzige Mensch, der mir wirklich Halt gab.« Maxim senkt den Blick und starrt auf seine Hände. »War aber leider nicht für die Ewigkeit«, murmelt er vor sich hin.

»Sie hat dich verlassen?«

Er nickt betreten. »Ich war eben … nicht der Mann für sie, der ich hätte sein sollen. Vor zwei Jahren bat sie mich schließlich, auszuziehen.«

»Und seitdem …« Ich mag es nicht aussprechen.

»Seitdem lebe ich überall und nirgendwo.«

Kapitel 6
Maxim

Julias betroffener Gesichtsausdruck entgeht mir nicht, auch wenn sie ihn offensichtlich vertuschen will. Aber ich habe ein wachsames Auge und eine gute Menschenkenntnis. Die ist da draußen unerlässlich. »Jetzt guck nicht so. Es ist nicht so schlimm, wie du denkst. Außerdem bin ich gar nicht so richtig obdachlos.«

»Wie meinst du das?« Sie mustert mich mit kritischem Blick und ich sehe es förmlich hinter ihrer Stirn arbeiten.

»Na ja, ich habe einen Wohnwagen auf einem Dauerstellplatz etwas außerhalb der Stadt. Das Einzige, was mir noch von Clarissa geblieben ist. Früher sind wir damit durch die Gegend gereist, heute dient er mir halt als Schlafplatz.«

»Und trotzdem bist du dauernd da draußen auf der Straße?«

»Gerade deshalb, eher gesagt. Ich ertrage es kaum, dort zu sein. Es erinnert mich ständig an das, was ich nicht mehr habe. Sobald der Morgen graut, mache ich mich meistens direkt weg vom Platz. Dann komme ich hierher in die Villa. Und wenn mir nach Gesellschaft ist, lungere ich eben auf der Straße herum.«

»Verstehe.«

»Aber hey, ich schlafe im Trockenen, ich kann dort duschen und sogar Wäsche waschen. Alles bestens.«

»Und wie finanzierst du den Stellplatz?«

»Von der Stütze«, gebe ich kleinlaut zu.

Julia nickt betreten.

»Gibt Schlimmeres.«

»Wie kommt es, dass du seitdem nie wieder Fuß gefasst hast?«

»Ganz einfach. Weil ich es nicht wollte.« Die Worte platzen etwas zu trotzig aus mir heraus.

»Du willst mir im Ernst erzählen, dass dir dieses Leben gefällt?« Julia gerät in Rage. Ich sehe ihr an, wie sehr sie versucht, sich zusammenzureißen.

»So würde ich es nicht nennen. Aber ich hatte es satt, allen und jedem Rechenschaft schuldig zu sein. Ich bin völlig frei. Keine Verpflichtungen, niemand, auf den ich achten muss.«

Julia springt auf, wirkt völlig außer sich. »Das ist doch Schwachsinn. Damit kann man doch nicht ernsthaft zufrieden sein.«

Ich zucke beiläufig mit den Schultern. »Und wenn es so ist?«

»Fehlt dir denn gar nichts? Ein geregeltes Leben, ein richtiges Dach überm Kopf? Nähe?« Das letzte Wörtchen kommt ihr nur leise, nahezu brüchig über die Lippen und versetzt mir einen kleinen Stich.

»Ich wüsste nicht, von wem ich die bekommen sollte«, erwidere ich kleinlaut. »Aber ich habe da draußen meine Leute. Wir sind nicht zu eng miteinander und halten dennoch zusammen. Irgendjemand hat immer ein paar nette Worte und einen guten Tropfen für mich übrig.« Ich versuche, meiner Kehle ein gelöstes Lachen zu entlocken, doch es klingt zu aufgesetzt. »Und was das Dach überm Kopf angeht: Der Wohnwagen reicht völlig aus. Außerdem habe ich ja noch die Villa.« Ich mache eine ausladende Geste.

»Bis dich jemand erwischt.«

»Wer soll mich denn erwischen? Wie gesagt, keiner interessiert sich dafür. Und die einzige, der ich je davon erzählt habe, bist du.«

Eine sanfte Röte färbt ihre Wangen und ich wüsste zu gern, was in ihrem Kopf vorgeht. »Warum hast du sie ausgerechnet mir gezeigt?«

»Weil du mir mit dem Buch ein besonderes Geschenk gemacht hast. Und ich wollte irgendwas zurückgeben. Da ich nicht mehr als die Villa zu bieten habe ...« Ich zwinkere ihr zu, aber egal, was ich mache, alles kommt mir albern vor. In ihrer Nähe benehme ich mich wie ein Clown. *Als ob ich sie jemals beeindrucken könnte.* Ich muss mir das aus dem Kopf schlagen. Aber warum ist sie dann hier?

Ihre Stimme reißt mich aus meinen Gedanken. »Sollen wir vielleicht einen Spaziergang machen? Das Wetter ist herrlich. Und ich glaube, ein bisschen frische Luft kann gerade nicht schaden.«

Will sie Raum gewinnen oder Zeit mit mir verbringen? Es gelingt mir nicht, ihre Absicht zu erahnen. »Na klar, wieso nicht? Wohin möchtest du gern? Bürgerpark? Wallanlagen? Altstadt?«

»In der Reihenfolge.« Ihr glockenklares Lachen trifft mich mitten in Herz. »Nein, Quatsch. Lass uns Richtung Altstadt. Ich bekomme langsam Hunger. Ich lade dich ein.«

»Mein Drahtesel steht für dich bereit.«

»Oje. Nicht schon wieder.«

»Wenn wir den ganzen Weg laufen, wird das ein verdammt langer Spaziergang.«

Julia rollt mit den Augen. »Hast ja recht.«

Dieses Mal sitzt Julia etwas entspannter auf meinem Lenker. Der blumige Duft ihres Parfüms steigt mir in die Nase und ich versuche, ihn mir einzuprägen. Genauso will ich mir merken, wie es sich anfühlt, ihr nah zu sein. All die Jahre hatte ich nie das Gefühl, etwas zu vermissen. Aber jetzt ist es anders. Wegen ihr. Und der Gedanke, dass sie bald wieder abreisen wird, erfüllt mich mit Schwermut.

Als wir nach gut zwanzig Minuten die Wallanlagen erreichen, bremse ich sanft ab und bedaure, dass unsere Fahrt zu Ende ist. Im Gegensatz zu ihr.

Sie gleitet vom Lenker und reibt sich ihr schmerzendes Hinterteil. »Oh Mann, daran werde ich mich wohl nie gewöhnen.

Bequem ist anders. Sag mal, starrst du mir gerade auf den Hintern?«

Mist! Erwischt! »Äh, Quatsch. Dachte nur gerade, dass wir nächstes Mal deine Sitzgelegenheit ein wenig auspolstern sollten.«

Wieder erschallt dieses hinreißende Lachen. »Jetzt lass uns aber erst einmal schauen, wo wir etwas zu essen bekommen. Worauf hast du Lust?«

Es ist mir unangenehm, mich von ihr einladen zu lassen. Aber bis auf ein paar Cent habe ich nichts in der Tasche. Mir bleibt also kaum eine andere Wahl, wenn ich Zeit mit ihr verbringen will. Außerdem würde ich lügen, wenn ich sagen würde, ich hätte keinen Hunger. »Weiß nicht. Entscheide du.«

»Sollen wir ins ALEX?«

»Gern.«

Wir schlendern nebeneinander Richtung Domshof, schweigend, einträchtig. Ich weiß nicht, wie sie es empfindet, aber für mich fühlt sich diese Stille nicht unbehaglich an. Bis sie plötzlich von einem Rufen durchbrochen wird.

»Hey Maxim! Wer ist die Kleine bei dir?« Alinas Stimme dröhnt schrill in meinen Ohren. Als ich mich umdrehe, sehe ich sie gemeinsam mit Mike und Carl auf einem der großen Blumenkästen sitzen.

»Vorwitznase«, rufe ich zurück und gehe unbeirrt weiter.

»Jetzt komm doch mal rüber«, ruft sie, aber ich ignoriere sie.

Julia schaut mich fragend an. »Wer ist das?«

»Ein paar von meinen Kumpanen.«

»Willst du nicht mit ihnen reden?«

»Jetzt nicht. Schon gar nicht, wenn dieses blonde Biest dabei ist.« Unauffällig deute ich auf sie. »Alina. Die nervt ein bisschen.« Dass Alina auf mich steht, will ich Julia jetzt nicht auf die Nase binden. Es spielt ohnehin keine Rolle.

»So schlimm?«

Ich zucke mit den Schultern und Julia gibt sich damit zufrieden.

»Da sind wir«, verkündet sie.

Wieder macht sich dieses Unbehagen in mir breit. Keine Ahnung, wie lange ich kein Restaurant mehr betreten habe. Sofort fühle ich mich fehl am Platz. Erst recht, nachdem wir uns einen Tisch am Fenster ausgesucht haben und einen Blick in die Karte werfen.

»Such dir aus, was du willst.«

»Ich kann das gar nicht annehmen, Julia.« Am liebsten würde ich mich ganz klein machen und verschwinden. Vielleicht war das doch keine gute Idee.

»Natürlich kannst du.« Ihr Lächeln haut mich um. Es ist aufrichtig und strahlend, sodass ich automatisch grinsen muss.

»Also gut. Aber wenn sich jemals die Gelegenheit ergibt, werde ich mich revanchieren.« *Ob es je dazu kommen wird?* Ich spüre ein Ziehen in der Magengegend, als mir der Gedanke kommt, dass sie in einer Woche wieder abreisen wird.

»Wer weiß …« Scheinbar konzentriert studiert sie die Karte, aber vielleicht täusche ich mich und sie denkt das Gleiche wie ich.

Überhaupt würde ich zu gern wissen, was in ihr vorgeht. Warum macht sie das alles? Warum verbringt sie Zeit mit jemandem wie mir? Ist es Mitleid oder ihr großes Herz? Oder hat sie mich möglicherweise wirklich gern? Es fällt mir schwer, meine Gedanken auszuschalten und mir etwas von der Karte auszusuchen, entscheide mich dann aber schließlich für die Rinderroulade mit dem Pfannengemüse. Julia nimmt Pasta.

Bis das Essen kommt, plaudern wir über Belanglosigkeiten und langsam gewöhne ich mich an diese für mich ungewohnte Umgebung, fühle mich nicht mehr beobachtet. Von außen betrachtet wirken wir vermutlich wie ein ganz normales Pärchen. Und dieser Gedanke lässt mich lächeln.

»Was ist los?« Auch Julias Mundwinkel ziehen sich nach oben.

»Ach, es ist nur … je länger wir hier sitzen, desto besser fühlt es sich an. So normal. Dieses Gefühl hatte ich lange nicht mehr.«

»Das freut mich.« Ihr Lächeln wird breiter, doch einen Augenblick später wird sie wieder ernst. »Hast du dir wirklich nie überlegt, dein Leben zu ändern?«

Die Frage kommt überraschend, wenn auch nicht unerwartet. Wie von selbst ziehen sich meine Schultern nach oben und dieses Unbehagen macht sich wieder in mir breit. »Weiß nicht. Es gab halt bisher nichts, wofür es sich gelohnt hätte.«

»Du selbst solltest doch Grund genug sein.«

»Ich bin zufrieden, wie es ist.«

Energisch schüttelt sie ihre rote Mähne. »Das kannst du mir noch so oft erzählen, ich kaufe dir das nicht ab. Du redest dir vielleicht ein, dass dir nichts fehlt, aber in Wahrheit ist es völlig anders.«

»Ist aber so«, gebe ich etwas trotzig zurück. Als ich jedoch in mich hineinhorche, wird mir zum ersten Mal bewusst, dass das nicht stimmt. Auch wenn ich mich mit meiner Situation abgefunden habe, bin ich in Wahrheit nicht zufrieden mit diesem Leben. Und seit ich Julia kenne, bin ich es erst recht nicht mehr. Bisher hatte ich einfach nur keinen Antrieb, etwas dagegen zu unternehmen.

»Gib's zu. Jetzt gerade denkst du darüber nach.«

Sie überrumpelt mich mit ihrer direkten Art. Es ist, als könnte sie in mich hineinschauen. Langsam erhebt sich in meinem Inneren ein Widerstand. Nicht gegen sie, sondern gegen mich selbst. Gegen das Ich, zu dem ich in den letzten Jahren geworden bin. Der Teil von mir, der glaubt, er brauche nichts außer sich selbst. Julia rüttelt mich wach, weckt den Teil in mir wieder auf, der sich nach Nähe und Geborgenheit sehnt. Plötzlich werde ich von diesen Gefühlen überrollt, sodass mir unfreiwillig die Tränen in die Augen schießen. Mit einem lauten Klirren lasse ich die Gabel auf den Teller fallen und vergrabe mein Gesicht in meinen Händen.

»Entschuldige, ich wollte nicht ...« Sie verstummt. Dann spüre ich eine sanfte Berührung an meinem Arm und ich lasse die Hände sinken. In ihren Augen sehe ich meinen eigenen

Schmerz, als wären sie ein Spiegel, in den ich viel zu lange nicht gewagt habe hineinzuschauen.

»Vielleicht … liegst du gar nicht so falsch.«

Julia nickt verstehend, dann ergreift sie meine Hand. Erstaunt schaue ich sie an. Sie wirkt nicht weniger überrascht, was mich augenblicklich zum Schmunzeln bringt. Doch dann überrollt mich wieder der Frust. Und der Hass auf mich selbst, weil ich es so weit habe kommen lassen. Weil ich mein Leben einfach wegwarf, ohne je zu versuchen, das Glück wiederzufinden.

Kapitel 7
Julia

Vielleicht hätte ich nicht so direkt sein sollen. Manchmal ärgere ich mich darüber, immer frei heraus zu sagen, was ich denke. Das kommt eben nicht immer gut an. So wie jetzt.

Maxim sitzt vor mir wie ein Häufchen Elend. Der Ausdruck in seinen Augen wechselt sekündlich zwischen Wut, Traurigkeit und … *Was ist da noch?* Eine Facette, die ich nicht richtig deuten kann.

Und was fühle *ich* gerade? Meine Hand glitt wie von selbst über den Tisch und legte sich vorsichtig auf seinen Arm. Jetzt sind unsere Hände ineinander verschlungen und das Herz schlägt mir bis zum Hals. Ein eigenartiges Kribbeln durchfährt jede Faser meines Körpers. Und wäre die Situation gerade nicht so verkorkst, würde ich es vielleicht sogar genießen. Oder es würde mir Angst machen.

Ein paar Tränen rinnen an seinen Wangen herunter und es zerreißt mich. Ich wollte nicht, dass er sich meinetwegen so fühlt. Dabei habe ich nur ausgesprochen, wie es ist.

Hastig entziehe ich ihm meine Hand wieder und krame in meiner Handtasche nach einem Taschentuch. Als er es entgegennimmt, berühren sich unsere Finger flüchtig und wieder durchfährt es mich wie ein Stromschlag.

Maxim drückt den Rücken durch und holt tief Luft. »Sorry. Ich bin sonst nicht so ein emotionales Wrack.« Sein Lachen klingt

gestellt – vermutlich ein kläglicher Versuch, die Situation aufzulockern.

»Meine Schuld. Tut mir echt leid. Dumme Angewohnheit von
mir, immer aussprechen zu müssen, was mir durch den Kopf
geht. Segen und Fluch.«

»Ich mag es.«

Diese drei kleinen Worte werfen mich beinahe aus der Bahn.
Obwohl ich ihn gerade emotional gekillt habe, behauptet er,
diese Unart zu mögen? »Äh … das sieht wohl jeder anders.«

»Nein, ehrlich. Ich kann es nicht leiden, wenn Leute ständig
um den heißen Brei herumreden. Und auch wenn die Wahrheit
vielleicht unbequem ist … bei mir hast du den Nagel auf den
Kopf getroffen. Obwohl ich das gerade erst realisiert habe.«

»Dann bist du nicht sauer?«

»Quatsch. Ich muss das nur erst sacken lassen. Vielleicht war
es genau das, was ich gebraucht habe. Und jetzt sollten wir auf-
essen, bevor alles kalt ist.«

Nach dem Essen verabschiede ich mich von Maxim. Zum Glück
hat sich die Stimmung wieder ein wenig gelockert. Trotzdem
fühle ich mich schlecht, weil ich anscheinend irgendetwas in ihm
losgetreten habe, was nicht leicht verdaulich ist.

Vom Domshof aus laufe ich schnurstracks zu Tessa und heule
mich bei ihr aus. »Manchmal bin ich echt ein Idiot. Ich hätte wirklich sensibler sein sollen. Stattdessen musste ich wieder das
Trampeltier mimen.«

»Mach dir keinen Kopf. Er hat doch gesagt, dass alles okay
ist. Wer weiß, vielleicht regt es ihn wirklich zum Nachdenken
an.«

Gedankenverloren nicke ich und reibe über meine Hand, die
vor nicht mal einer Stunde noch seine gehalten hat.

Tessas Stimme dringt wie durch einen dichten Nebel zu mir
hindurch. »Erde an Julia! Wo bist du denn gerade? Hast du noch
etwas auf dem Herzen?«

»Ach, nichts.«

»Erzähl.« Sie packt mich an den Schultern und dreht mich zu sich.

So kann ich ihrem Blick unmöglich ausweichen. Sofort spüre ich wieder diese verdammte Hitze in mir aufsteigen.

»Wegen nichts wird man nicht rot.« Tessa grinst frech.

Augenrollend boxe ich ihr in die Seite. Doch sie lässt sich nicht abwimmeln, hakt noch einmal nach.

»Ich habe seine Hand gehalten«, murmle ich.

»Und wie hat es sich angefühlt?«

»Wie tausend kleine Stromschläge. Oder so ähnlich.«

Seufzend lässt Tessa sich gegen die Sofalehne fallen. »Hach, ja. Genauso muss es sich anfühlen.« Sie setzt sich wieder auf und drückt mich an sich. »Du bist bis über beide Ohren verknallt, Julia. Dass ich das noch erleben darf.«

»Ich weiß nicht, ob ich das will.«

»Natürlich willst du.«

»Nächste Woche bin ich weg, dann hat sich das ohnehin erledigt.«

»Das muss nicht sein. Dafür findet sich ganz sicher eine Lösung.«

»Glaube ich nicht.«

»Warte ab.«

Tessas überzeugtes Lächeln erfüllt mich ungewollt mit Zuversicht. Aber ich will mir nichts schönreden, wo es nichts schönzureden gibt. Wie bitte sollte diese Lösung denn aussehen?

»Sag mal, Eva hast du immer noch nicht gesehen, oder? Was hältst du davon, wenn wir uns morgen alle zum Frühstück im *Coffee's* treffen?« Als Tessa das Thema wechselt, bin ich erleichtert, mich wieder auf etwas anderes fokussieren zu können.

»Tolle Idee. Ich frage Mona und Frank, ob sie mitkommen wollen. Was ist mit Elisa? Sollen wir sie auch anrufen?« Elisa ist das fehlende Glied unseres einstigen Viergestirns. Gemeinsam mit ihr wären Eva, Tessa und ich wieder komplett.

»Wir können es versuchen, aber seit sie in Hamburg lebt, habe ich sie kaum zu Gesicht bekommen. Wenn man Kinder hat, ist man leider alles andere als spontan.«

»Was mussten sie auch wegziehen?«

»Ich glaube, richtig glücklich ist Elisa auch nicht darüber. Seit Paul den neuen Job hat, ist er kaum zu Hause.«

»Echt traurig. Für ein paar Euro mehr im Monat würde ich nicht alles stehen und liegen lassen.«

»Nein. Ich auch nicht. Sag mal, bleibst du zum Abendessen? Du kannst mir beim Kochen helfen.«

Ich lache laut auf. »Helfen ist gut.«

»Hey, ich habe meine Kochkünste *wirklich* verbessert. Zumindest kriege ich es hin, meinen Mann zufriedenzustellen. Solange Sahne dran ist, ist alles super.«

»Könnte Sahne doch alle Probleme lösen …«

Es ist ein sonniger Sonntagmorgen. Die Zeit bis zum Rückflug rauscht an mir vorbei und ich weiß gar nicht, womit – oder mit wem – ich die restlichen Tage am liebsten verbringen will. Ich möchte alles auf einmal, will Zeit mit meiner Schwester und meinen Freundinnen verbringen, durch Bremens Straßen und Gassen schlendern und mir jeden Winkel genauestens einprägen. Und ich will mit Maxim zusammen sein. Am liebsten jeden Tag. Und gleichzeitig will ich es nicht.

Wenn ich nach Hause fliege, möchte ich mein Herz nicht auf zweierlei Weise hierlassen. Das bringt weder ihm noch mir etwas. Aber vielleicht kann ich in den verbleibenden Tagen etwas in ihm bewegen. Den Anfang dazu habe ich offensichtlich bereits gemacht. Wenn ich daran anknüpfe und er positiv darauf reagiert, kann ich immerhin mit einem ruhigen Gewissen zurück nach Irland fliegen. Das wäre schon mal was.

Mona lugt ins Gästezimmer herein. »Bist du so weit?«

»Ja, bin fertig. Und hungrig.«

»Na, dann los.«

Vor dem *Coffee's* warten Tessa und David bereits auf uns. »Guten Morgen, da seid ihr ja.« Tessa umarmt zuerst mich, danach Mona und Frank.

»Und, kommt Eva auch?«, will ich wissen.

»Na klar. Aber du kennst sie ja. Das kann noch dauern. Sollen wir schon reingehen?« Alle nicken zustimmend.

Tessa und David gehen voran. Als David seinen Arm um sie schlingt und sie ihn voller Liebe anschaut, geht mir das Herz auf. Die beiden strahlen so viel Glück aus, dass das Bedürfnis nach Liebe auch in mir immer intensiver wird.

Wie ist es Tessa bloß gelungen, nach all dem Erlebten ihr Herz wieder für die Liebe zu öffnen? Und wenn ihr das gelingt, kann ich es dann nicht auch? Soll ich mich wirklich weiter hinter den negativen Erfahrungen der anderen verstecken oder einen Sprung ins kalte Wasser wagen? Ich würde gern. Aber abgesehen von der Angst, dass mir etwas Schlechtes widerfährt, ist da immer noch das Problem, dass ich Bremen bald wieder den Rücken kehren muss.

»Guten Morgen zusammen.« Christoph begrüßt uns herzlich. Er ist nicht nur der Inhaber des *Coffee's*, sondern auch Davids bester Freund. »Ich habe euch ein paar Tische zusammengeschoben. Kaffee, Saft und Tee stehen schon bereit. Das Frühstück kommt sofort.«

»Danke, Mann.« David klopft seinem Kumpel gegen die Schulter. Während Chris Richtung Küche verschwindet, nehmen wir Platz. Wenige Augenblicke später kommt er bereits voll beladen mit Wurst- und Käseplatten zu uns herüber. Seine Frau folgt mit Brot und Brötchen.

»Wenn ihr etwas braucht, lasst es mich wissen. Und jetzt lasst es euch schmecken. Wenn ich zwischendurch etwas Zeit finde, setze ich mich zu euch.« Schon macht Chris wieder auf dem Absatz kehrt und verschwindet hinter dem Tresen.

In diesem Moment öffnet sich die Tür und Eva samt Olli und Leo schneien herein. Evas Haare sehen aus, als würde draußen ein erbarmungsloser Sturm wüten. Mit einem quietschenden

Laut stürmt sie auf mich zu. Der kleine Leo hockt auf ihrem Arm und schaut sich mit großen Augen um. Einen Wimpernschlag später fällt sie mir um den Hals und Leo scheint die Welt nicht mehr zu verstehen. »Julia, ich freue mich so, so sehr, dich zu sehen. Du hättest dich ruhig eher blicken lassen können.«

»Sorry, die letzten Tage waren irgendwie … turbulent. Aber jetzt hat es ja endlich geklappt.« Dann wende ich mich an den blond gelockten Jungen auf ihrem Arm. »Und du? Du bist ganz schön groß geworden. Als ich dich das letzte Mal gesehen habe, warst du noch ein Baby.«

Der Zweijährige starrt mich unbeeindruckt an.

»Ja, ja. Ich bin eine verrückte Tante, nicht wahr?«

In dem Moment streckt er seine Ärmchen nach mir aus und schlingt sie um meinen Hals.

Eva lässt ihn, sichtlich erstaunt, auf meinem Arm gleiten. »Oh, das ist aber eine Überraschung. Er ist sonst immer total scheu Fremden gegenüber.«

»Vielleicht liegt es an den roten Haaren«, meint Olli.

»Ach was, er erinnert sich sicher an sie. Wie könnte man Julia denn vergessen?« Tessa lacht und steckt Leo damit an. Und das ehrliche, unbeschwerte Lachen dieses kleinen Menschen weckt plötzlich eine ganz neue, unbekannte Gefühlsregung in mir.

Auf einmal muss ich mir vorstellen, wie es wäre, selbst Mutter zu sein. Sofort schüttle ich diesen Gedanken wieder ab. Das kleine quirlige Bündel auf meinem Arm werde ich allerdings nicht so schnell wieder los. Aber das stört mich nicht im Geringsten. Lange habe ich mich nicht mehr so wohl gefühlt. Und wieder macht sich ein tiefes Empfinden in mir breit und eine leise Stimme in meinem Kopf sagt mir: *Hier gehöre ich her.*

»Was ist mit Elisa? Kommt sie auch noch?«, möchte Eva wissen.

»Keine Chance.« Tessa zuckt mit den Schultern. »Aber sie versucht, am Freitagabend ins Q1 zu kommen.« Dann wendet sie sich an mich. »Julia, ich weiß zwar, dass du am Samstagvormittag fliegst, aber du kommst doch mit ins Q1, oder?«

Früher haben wir uns an jedem ersten Freitag im Monat in unserem Lieblingsrestaurant getroffen. Daher kann ich mir das natürlich nicht entgehen lassen. »Aber klar. Schlafen kann ich schließlich noch im Flieger.«

Nachdem wir alle gut gesättigt sind, kommt Chris, um das Geschirr abzuräumen. »Hey, ihr bleibt doch noch ein wenig, oder? Unser Koch probiert heute ein paar neue Rezepte aus. Ihr müsst als Versuchskaninchen herhalten.«

David hält sich theatralisch den Bauch. »Nachdem du uns eh schon so gemästet hast?«

»Ach, komm. Du kannst doch immer essen. Wir machen kleine Portionen. Versprochen.«

»Na, dann ran mit dem Zeug«, wirft Olli ein.

Meine Schwester hebt abwehrend die Hände. »Wir müssen leider gleich los. Franks Eltern erwarten uns zum Mittagessen. Aber vorher …« Mona wendet sich an David. »Würdest du etwas am Klavier spielen, David?«

»Oh ja«, rufen Eva und ich wie aus einem Munde.

Tessa grinst schief und legt ihre zarte Hand auf Davids Arm. »Das machst du doch liebend gern, nicht wahr, Schatz?«

Er rollt zwar mit den Augen, doch dann lächelt er demütig. »Ganz wie die Damen wünschen.« David erhebt sich vom Tisch und geht zu der kleinen Empore herüber, auf der ein Flügel thront. Als er seine Finger auf die Tasten legt und die ersten Töne von »River Flows In You« spielt, verstummen augenblicklich sämtliche Gespräche und alle Augen richten sich auf ihn.

»Er hasst es so sehr, die Aufmerksamkeit aller Leute auf sich zu ziehen«, murmelt Tessa an meinem Ohr. »Aber ich liebe es.«

»Dabei hat er überhaupt keinen Grund, sich zu verstecken.«

Tessa schüttelt den Kopf. »Im Mittelpunkt zu stehen, ist einfach nicht sein Ding.« Sie lehnt sich zurück und schließt verträumt die Augen. Auch ich lausche ergriffen Davids Spiel. Als der letzte Ton verhallt, bricht Applaus los und ein sichtlich beschämter David kehrt wieder an unseren Tisch zurück.

Chris gesellt sich breit grinsend zu uns. »Du solltest echt öfter hier spielen, Mann. Schließlich habe ich den Flügel extra für dich hingestellt.«

»Schon klar.« David winkt ab.

»Das ist mein Ernst. Die Gäste lieben dich.«

»Ich finde, Chris hat recht«, wirft Tessa ein.

»Jetzt ist aber gut«, protestiert David. Er wirkt sichtlich erleichtert, als Mona und Frank sich erheben.

»Wir müssen dann los. Kommst du mit, Julia? Oder bleibst du noch hier?«

»Ich bleibe. Vielleicht kriegen wir David überredet, noch mehr zu spielen.«

»Das hättest du wohl gern.« David grinst.

Nachdem die Tür hinter Mona und Frank zugefallen ist, bleibt mein Blick draußen auf dem Domshof hängen.

»Was ist los, Süße?« Tessa mustert mich fragend und ich rücke nah an ihr Ohr.

»Da draußen ist Maxim.« Ich deute auf eine kleine Personengruppe am anderen Ende des Platzes.

»Welcher von ihnen ist es?«

»Der mit der braunen Jacke.«

»Hol ihn herein. Er kann doch mit uns essen.«

»Spinnst du?«

»Warum denn nicht, Julia?«

»Hey, was tuschelt ihr beide denn da?«, fragt Eva neugierig.

»Ach, nichts«, entgegne ich beiläufig.

»Es ist nicht Nichts. Geh schon raus«, fordert Tessa.

»Aber da sind die ganzen anderen Leute dabei. Ich gehe auf keinen Fall.«

»Soll ich es für dich tun?«

»Lass gut sein, Tessa.«

»Da, schau nur! Er löst sich von den anderen. Das ist die Gelegenheit.« Tessa fuchtelt wild mit den Händen herum und jagt mich förmlich nach draußen.

Bevor ich weiß, wie mir geschieht, stehe ich vor der Tür und rufe seinen Namen. »Maxim!«

Sofort richtet sich sein Blick auf mich und ein Strahlen erhellt sein Gesicht. Im Laufschritt eilt er zu mir herüber. »Julia! Schön, dich zu sehen. Was machst du hier?«

Verlegen deute ich aufs *Coffee's*. »Bin mit ein paar Freunden verabredet.«

Er lächelt unsicher, als wisse er nicht, was er sagen soll.

Geh einfach aufs Ganze, Julia. »Magst du vielleicht mit reinkommen und etwas essen? Der Koch probiert ein paar neue Gerichte aus und braucht ein paar Vorkoster.«

»Und das stört deine Leute nicht?«

»Quatsch. Tessa will dich sowieso unbedingt kennenlernen.« Zu spät beiße ich mir auf die Zunge.

»Ach, ja?«

»Äh …« *Mist.* Jetzt weiß er, dass ich über ihn geredet habe. Aber das kann er sich ohnehin sicher denken.

»Na, dann wollen wir ihre Neugier mal stillen.« Sein schelmisches Grinsen sorgt dafür, dass ich mich wieder ein wenig entspanne.

Ich gehe voraus und sehe, wie Tessa mir entgegenstrahlt. Als wir am Tisch ankommen, ist mein Hals ganz trocken. »Also …« Ich muss mich räuspern. »Das ist Maxim«, sage ich in die Runde. Anschließend stelle ich ihm meine Freunde vor.

Eva schaut mich mit offenem Mund an. »Habe ich irgendwas verpasst? Ist das …? Seid ihr …?«

Tessa springt für mich ein. »Die beiden sind befreundet.« Dann wendet sie sich an Maxim. »Schön, dich kennenzulernen, Maxim.« Sie schenkt ihm ein herzliches Lächeln und macht ihren Stuhl frei. Dann lässt sie sich auf der anderen Seite des Tisches uns gegenüber nieder. Leo schwankt auf Maxim zu und klettert auf seinen Schoß.

»Hey, wer bist du denn, kleiner Mann?«

Eva kichert amüsiert. »Das ist Leo. Er spricht nicht. Ich fürchte, dafür ist er zu bequem.«

In diesem Moment löst sich der Knoten in mir. Offensichtlich ist Maxim willkommen.

»Ach, da ist noch ein verspäteter Gast. Darf ich dir etwas bringen?« Christoph, der gerade wieder zum Tisch gekommen ist, schaut Maxim abwartend an. Dessen Blick huscht unsicher zu mir herüber, doch bevor ich reagieren kann, redet Chris weiter. »Übrigens, alles, was ihr ab jetzt bestellt, geht aufs Haus. Das gehört zum Testessen dazu.« Ich sehe Erleichterung in Maxims Augen aufblitzen, dann bestellt er sich ein Bier.

Wir probieren fünf verschiedene Gerichte, eins köstlicher als das andere, und führen ungezwungene Gespräche, an denen Maxim sich rege beteiligt. Anscheinend fühlt er sich wohl in unserer Mitte. Es ist fast so, als würde er schon ewig zu uns gehören. Dadurch wird diese bisher nicht gekannte Sehnsucht in mir noch verstärkt.

»So, ich werde ab heute nie wieder etwas essen«, stöhnt Tessa und hält eine Hand an ihren Bauch. »Mich kannst du jetzt nach Hause rollen.«

»Ich habe auch eindeutig zu viel in mich hineingestopft«, stimmt Eva zu. »Wir werden uns jetzt auf den Weg nach Hause machen. Leo wird langsam echt quengelig. Er braucht dringend seinen Mittagsschlaf. Und ich auch.« Sie erhebt sich und sammelt ihren Kram zusammen, während Olli Leo auf den Arm nimmt, der lauthals anfängt zu brüllen.

»Ich schätze, er will noch bleiben.« Eva rollt mit den Augen. »Julia, wir sehen uns spätestens am Freitagabend im Q1. Aber ich würde mich freuen, wenn du vorher mal bei uns zu Hause vorbeikommst.«

»Klar, das mach ich, Eva.« Ich drücke ihr einen Kuss auf die Wange und merke, dass allgemeine Aufbruchsstimmung herrscht. Auch Maxim hat sich bereits erhoben und sieht mich verstohlen an. Gemeinsam mit Tessa und David treten wir kurz darauf ins Freie.

»Wollt ihr mit zu uns kommen? Wir könnten einen Film an-schauen«, schlägt David vor. Wieder schaut Maxim mich mit Fragezeichen in den Augen an.

»Vielleicht später?«, sage ich. »Ich würde gern ein wenig spa-zieren gehen. Das schöne Wetter ausnutzen.«

Tessa versteht meinen Wink. »Alles klar. Wenn ihr nachher Lust habt, kommt einfach vorbei. Wir sind auf jeden Fall zu Hause.« Sie umarmt mich innig und raunt mir ein »Viel Spaß« ins Ohr. Dann hakt sie sich bei David unter und die beiden schlendern über den Platz davon.

»Sehr nett, deine Freunde.« Maxim lächelt sanft und vergräbt die Hände in den Jackentaschen. »Darf ich ... dich bei deinem Spaziergang begleiten?«

»Natürlich darfst du. Ich hatte es sogar gehofft.«

»Ist das so?«

Wieder schießt mir die Hitze durch den Körper. Anstatt zu antworten, nicke ich bloß. Und ich ärgere mich darüber, dass ich nicht mehr ich selbst zu sein scheine.

Kapitel 8
Maxim

»Wohin möchtest du gehen?« Julias Wangen haben plötzlich eine frische Farbe angenommen. Möglicherweise hat sie mich wirklich gern, auch wenn ich mir beim besten Willen nicht vorstellen kann, warum. Aber vielleicht sollte ich es einfach genießen, statt mir darüber den Kopf zu zerbrechen.

»Durchs Schnoorviertel vielleicht?« Ich bin erstaunt, wie kleinlaut sie auf einmal wirkt. Aber das bestätigt mich umso mehr.

»Gern. Da war ich lange nicht mehr.« Auch wenn ich Gefahr laufe, einen Korb zu kassieren, halte ich ihr meinen Arm hin. Sichtlich perplex starrt sie darauf, hakt sich dann aber bei mir ein. Kurz streifen sich unsere Blicke, dann schaut sie wieder nach unten. Ein wohliges Kribbeln durchfährt mich. Der Gedanke, sie könnte sich ernsthaft für mich interessieren, gepaart mit ihrer plötzlichen Nähe, bringt mein Herz beinahe zum Explodieren.

Schweigend laufen wir durch die Altstadt bis zum Schnoor. Ich mag die engen Gassen mit ihren bunten Häusern. Es ist ein bisschen wie eine andere Welt. Trotzdem halte ich mich selten hier auf. Warum auch? Ich habe nichts davon, allein durch romantische Gässchen zu ziehen. Mit Julia an meiner Seite sieht das allerdings wieder anders aus. Sie dabei zu beobachten, wie sie entzückt die Umgebung bewundert, lässt meinen Puls in die Höhe schnellen. Denn manchmal schaut sie mich genauso an. Mit einem Lächeln und einem besonderen Glanz in den Augen.

Mit Faszination. So, wie sie es jetzt gerade tut. Doch es dauert immer nur einen Wimpernschlag lang, dann weicht sie meinem Blick wieder aus.

»Alles in Ordnung, Julia?«

»Na klar. Was soll denn sein?«

»Du bist sehr still heute.«

»Es ist nichts. Nur … Der Tag war heute so besonders. Und gerade wird mir wieder schmerzlich bewusst, dass ich in wenigen Tagen wieder in Irland sein werde.«

Ich nicke stumm. Wenn sie wüsste, wie sehr diese Tatsache auch mir Bauchschmerzen bereitet. »Wo wir gerade davon sprechen …« Mit der Rechten deute ich auf *Little Mary's Irish Pub*. Vor dem Lokal stehen einige Tische im Schatten großer Sonnenschirme. Ich hätte Lust, mich dort hinzusetzen und etwas zu trinken.

Julia sieht das offensichtlich genauso, denn ein Strahlen huscht über ihr Gesicht. »Oh! Lust auf ein *Murphy's*?«

»Wer ist Murphy?« Ich grinse breit und Julia boxt mir lachend gegen die Schulter.

»Komm schon. Da vorn ist ein freier Tisch.«

Wir lassen uns an dem kleinen runden Tisch auf Holzstühlen nieder und Julia bestellt uns zwei *Murphy's Irish Red*. Als der Kellner uns die Gläser bringt, wird mir klar, wie dieser Name zustande kommt. Das Ale hat einen rotgoldenen Farbton.

Ich nehme einen kräftigen Zug und lasse das zartbittere, milde Bier meine Kehle hinuntergleiten. »So schmeckt also Irland. Da bekommt man gleich Fernweh.«

»Zu Recht. Irland ist atemberaubend schön. Diese Weite, die Steilküsten …«

»Und trotzdem wärst du lieber hier als dort.«

Julia zuckt mit den Schultern. »Ich kann dir nicht einmal genau sagen, warum das so ist. Fakt ist aber, dass ich in meiner Zeit in Deutschland Irland niemals so vermisst habe, wie ich jetzt Bremen vermisse. Und ich fürchte, das wird nach dieser Reise nicht einfacher.«

»Weil?« Ich will es unbedingt aus ihr herauskitzeln.

»Weil es eben so ist.« Okay, sie will mich damit abspeisen. Zunächst werde ich es dabei belassen. Wenn es stimmt, was sie sagt, hat sie keine oder kaum Erfahrung mit Männern. Vielleicht ist sie einfach unsicher. Oder sie will aus Stolz nicht zugeben, dass sie mich vermissen wird.

»Willst du noch eins?« Julia deutet auf mein inzwischen leeres Glas. Der krasse Themenwechsel überrascht mich nicht. Es kommt mir vor, als wolle sie sich nicht mit ihren eigenen Gefühlen auseinandersetzen.

»Da sage ich niemals nein.«

Sie winkt den Kellner heran und bestellt mir noch ein Bier. Dann mustert sie mich nachdenklich.

»Was geht gerade in deinem Kopf vor?«, frage ich neugierig.

»Dass du ein richtiges Dach über dem Kopf brauchst«, erwidert sie entschlossen.

»Als ob das so einfach wäre.«

»Wir könnten gemeinsam nach einer Lösung suchen.«

»Warum ist dir das eigentlich so wichtig? Ich lebe dieses Leben jetzt seit gut drei Jahren. Komme bestens damit klar.« Die Worte platzen schroffer aus mir heraus, als ich es gewollt habe.

»Nicht wirklich, oder? Du hast selbst gesagt, dass du den Wohnwagen meidest, wo es nur geht. Dass daran zu viele Erinnerungen hängen und du dich deshalb auf die Straße flüchtest. Also erzähl mir nicht, dass du gut damit klarkommst. Außerdem … könnte ich einfach beruhigter zurückfliegen, wenn ich weiß, dass es dir gut geht.«

Ihre Sorge rührt mich und löst einen Gefühlssturm in mir aus. Ohne darüber nachzudenken, ergreife ich ihre Hand. »Es geht mir gut. Wirklich. Das Einzige, was mir momentan zu schaffen macht, ist die Tatsache, dass du bald wieder weg bist.« Jetzt ist es raus. Automatisch halte ich die Luft an.

Sie wirkt völlig überrumpelt und starrt mich stumm an. Dann senkt sie den Blick auf unsere Hände und murmelt beinahe unverständlich: »Mir geht es genauso.«

Es zerreißt mich innerlich, im selben Moment aber möchte ich Freudensprünge machen. Und ich fürchte, das sieht man mir auch an. Meine Mundwinkel zucken verdächtig und ich kann mich nicht dagegen wehren.

Ihre Mimik hingegen lässt nicht erahnen, was sich gerade in ihrem Kopf abspielt. Nur die Röte ihrer Wangen zeigt, was sie offenbar vor mir verbergen möchte.

Also setze ich noch einen oben drauf. »Ich weiß nicht, wie du es angestellt hast. Aber in dem Moment, als du mir das Buch geschenkt hast, hattest du mein Herz bereits im Sturm erobert. Was du für mich empfindest, weiß ich nicht genau. Ich kann es nur ahnen. Was ich aber weiß, ist, dass ich dich nicht gehen lassen will. Auch wenn mir klar ist, dass du in Irland gebraucht wirst.«

»Maxim, ich … weiß nicht, was ich jetzt sagen soll.«

»Ist schon gut. Ich wollte nur, dass du das weißt.«

Wieder schweigt sie, dann aber erkenne ich ein schwaches Nicken und höre, wie sie laut Luft ausstößt. »Möchtest du eigentlich noch mitkommen zu Tessa und David?« Erneut wechselt sie rasch das Thema. Immerhin ergreift sie nicht die Flucht vor mir und will mich weiterhin bei sich haben.

Wie von selbst breitet sich ein Lächeln auf meinem Gesicht aus. »Sehr gerne.«

»Gut, dann zahle ich schnell.« Hastig entzieht sie mir ihre Hand und winkt dem Kellner. Ihre Nervosität ist irgendwie süß. Ich kann mich nicht erinnern, wann ich das letzte Mal eine Frau aus der Fassung gebracht habe. Nachdem sie ihr Geld losgeworden ist und ich mein Ale geleert habe, springt sie sofort aus ihrem Stuhl auf und wirft mir einen flüchtigen Blick zu. »Sollen wir dann?«

Auch ich erhebe mich. »Aber sicher.« Wieder biete ich ihr meinen Arm an und sie hakt sich unter. Erneut laufen wir Seite an Seite, ohne ein Wort zu verlieren. Sie führt mich entlang der Schlachte, bis wir die Weser über die schmale Brücke zum Teerhof überqueren.

»Wohnt Tessa etwa hier? Sieht nach einer teuren Wohngegend aus.« Eingeschüchtert schaue ich an den Backsteingebäuden hinauf. »Ich will nicht wissen, was hier die Mieten kosten.«

»Wahrscheinlich unbezahlbar. Aber sie wohnen nicht hier. Wir müssen noch die kleine Weser überqueren. Dann sind wir da.«

»Auch nicht viel besser.«

»Tessas Ex hatte jede Menge Kohle. Sie haben gemeinsam dort gewohnt, bis er abgehauen ist.«

»Und jetzt wohnt sie zusammen mit David in der Wohnung ihres Ex-Mannes?«

»Na ja, das Haus gehört Tessas Schwiegervater. Ex-Schwiegervater vielmehr. Er hat ihr die Wohnung vermacht nach dem ganzen Ärger.«

»Wow. Dann würde ich auch dort wohnen bleiben.«

»Sehe ich genauso. Innen drin hat sie aber alles komplett auf Links gedreht. Nichts erinnert mehr an diesen Mistkerl.«

»Ein Glück.«

Wenige Minuten später kommen wir vor einem großen, modernen Gebäudekomplex zum Stehen.

»Da sind wir«, flötet Julia und kichert. »Oje, sorry. Ich fürchte, das Ale ist mir zu Kopf gestiegen. Ich bin nicht besonders trinkfest. Schon gar nicht, wenn es um Bier geht. Und im *Coffee's* hatte ich schon zwei Gläser Rotwein.«

»Nicht schlimm. Im Gegenteil.«

Kaum, dass Julia auf die Klingel drückt, ertönt der Summer. Als sie die Tür schwungvoll aufdrückt, gerät sie ins Taumeln und ich bekomme sie im letzten Moment am Arm zu fassen und ziehe sie zurück.

Plötzlich sind wir uns so nah, dass ich ihren warmen Atem an meinem Hals spüren kann. Eine Gänsehaut lässt sich alle meine Nackenhärchen aufstellen. *Wie gern ich sie jetzt küssen würde.* Schnell schüttle ich den Gedanken wieder ab. »Ich glaube, du hattest wirklich ein Bier zu viel.«

Sie gluckst vergnügt. »Recht hast du. Du verträgst wohl deutlich mehr als ich, was? Ich habe nicht mitgezählt, aber …« Wieder kichert sie. »Ach, ich fürchte, ich kann gerade gar nicht mehr zählen. Und die Treppen schaffe ich heute wohl auch nicht mehr. Lass uns den Aufzug nehmen.«

»Tragen muss ich dich aber nicht, oder?«

»Untersteh dich!«

Als wir im dritten Stock ankommen, wartet Tessa bereits an der Tür auf uns. »Was hat das denn so lange gedauert?«

»Deine Freundin ist ein klein wenig beschwipst«, antworte ich belustigt.

»Oje, Julia. Hast du etwa Bier getrunken?«

»Dann ist das immer so bei ihr?« Nur schwer kann ich mir das Lachen verkneifen.

»Hör bloß auf. Ich weiß nicht warum, aber nach einem Glas ist sie zu nichts mehr zu gebrauchen. Wein verträgt sie immerhin besser.« Tessa zwinkert mir grinsend zu.

»Haaaaallo. Ich kann euch hören!« Julia bekommt einen Lachanfall. Tessa und ich stimmen gleichzeitig mit ein. Dann greift sie nach Julias Arm und geleitet sie in die Wohnung.

»Kommt rein und setzt euch.«

Unbehaglich lasse ich meinen Blick durch das geräumige Wohnzimmer mit der modernen Einrichtung schweifen. Ich sollte nicht hier sein. Ich gehöre einfach nicht hierher.

Aber dann bricht Tessa mit ihrer herzlichen Art das Eis. »Willst du mir deine Jacke geben? Falls ihr gleich Hunger bekommt, bestellen wir Pizza. Und David hat jede Menge Knabberzeug bereitgestellt. Na los, mach es dir gemütlich.«

»Danke.« So verlegen ich bis eben war, so willkommen fühle ich mich jetzt. Es scheint Tessa und David egal zu sein, wer ich bin oder woher ich komme. Und ich kann verstehen, warum Julia sich in ihrer Gegenwart wohlfühlt.

»Hey, da seid ihr ja.« David klopft mir auf die Schulter. »Ihr könnt euch schon überlegen, was ihr gern gucken möchtet. Ko-

mödie, Action, Science-Fiction, Schnulze …« Beim letzten Vorschlag rollt David mit den Augen und wirft mir einen flehenden
Blick zu.

»Äh, Komödie. Das wird mit dieser angesäuselten jungen
Frau sicher besonders lustig.« Verstohlen schaue ich zu Julia, die
mir frech die Zunge herausstreckt.

Nach langem Hin und Her entscheiden wir uns schließlich
für einen Klassiker und schauen uns »Geschenkt ist noch zu
teuer« an. Aber ich kann mich kaum darauf konzentrieren. Julias
Nähe macht mich zunehmend nervöser. Sie sitzt ganz dicht bei
mir, sodass ihr Arm meinen berührt. Am liebsten würde ich nach
ihrer Hand greifen, doch dazu fehlt mir der Mut. Ich genieße es
einfach, sie nah bei mir zu haben.

Auch die Gesellschaft ihrer Freunde tut mir gut. Je mehr Zeit
ich mit ihnen verbringe, desto klarer wird mir, was mir eigentlich fehlt. Menschen, die mich nehmen, wie ich bin, bei denen ich
mich nicht verstellen muss. Menschen, denen man vertrauen
kann. Und ein richtiges Zuhause.

Vielleicht muss ich wirklich versuchen, mein Leben auf die
Reihe zu kriegen. Nicht nur ihr zuliebe, sondern meinetwegen.
Der Umbruch in meinem Inneren hat bereits begonnen. Nun
muss ich nur noch herausfinden, wo ich anfangen soll.

Kapitel 9
Julia

Mir fällt auf, dass Maxim nervös auf seinem Platz hin und her rutscht. Plötzlich wirkt er extrem unruhig.

»Alles okay?«

»Ich denke, ich sollte so langsam gehen. Ist schon spät.« Maxim zieht die Schultern hoch und verschränkt die Arme vor der Brust. Ich kann sein Verhalten nicht deuten und weiß nicht so recht, wie ich darauf reagieren soll.

»Ja, hast recht«, entgegne ich daher, obwohl ich ihn am liebsten dazu überreden würde, nicht zu gehen.

»Wir können das gern die Tage wiederholen«, schlägt Tessa vor.

Ein Lächeln stiehlt sich auf Maxims Gesicht und mir wird warm ums Herz. Noch wärmer, als es ohnehin schon ist.

»Soll ich dich zum Campingplatz bringen?«, bietet David Maxim an.

Der hebt abwehrend die Hände. »Das ist nett, danke. Aber mach dir keine Umstände. Ich gehe zu Fuß.«

»Bist du sicher?«

Maxim nickt. »Ein kleiner Spaziergang schadet mir nicht.« Dann erhebt er sich und dreht sich zu mir um.

Wie von der Tarantel gestochen, springe ich auf. »Ich bringe dich noch zur Tür.«

Wieder erscheint dieses umwerfende Lächeln auf seinem Gesicht. Dann wendet er sich Tessa und David zu. »Danke euch … für alles. Das war ein schöner Abend.«

»Das finden wir auch.« Tessa blickt zu David auf, der zur Bestätigung nickt. »Und wie gesagt, das können wir gern noch mal machen.«

Maxim reicht den beiden die Hand und trottet dann Richtung Wohnungstür. Mit schwerem Herzen folge ich ihm und erneut kommt der Wunsch in mir hoch, ihn aufzuhalten.

Als Maxim in den Flur tritt, dreht er sich zu mir um, die Hände in den Hosentaschen vergraben. »Das war schön heute. Ich … habe mich lange nicht mehr so wohlgefühlt. Danke, Julia.«

»Ich fand es auch sehr schön.« Meine Stimme klingt heiser. Aber mehr bringe ich eh nicht heraus. Erst recht nicht, als er plötzlich einen Schritt auf mich zumacht und seine Arme um mich schlingt. Im ersten Moment bin ich so perplex, dass ich mich nicht rege. Doch als mein Gehirn seine Arbeit wieder aufnimmt, lege ich meine Arme zaghaft um seine Hüften und schmiege meinen Kopf an seine Schulter. Mein Herz droht, mir aus der Brust zu springen. Ihm so nah zu sein, bringt mich völlig um den Verstand. Ich möchte wegrennen und ihn gleichzeitig nie wieder loslassen. *Fühlt sich so Liebe an?*

Als Maxim mich aus seiner Umarmung entlässt, bin ich erleichtert und traurig zugleich.

»Sehen wir uns noch mal?«, fragt er nahezu flehend. Sein Blick ist voller Hoffnung.

»Das hoffe ich doch sehr«, sprudelt es aus mir heraus.

»Also dann … du findest mich tagsüber häufig am Domshof.«

Verlegen streife ich mein Haar zurück. »Ist gut.«

»Bis dann.« Damit macht Maxim auf dem Absatz kehrt und hechtet die Treppe herunter. Als ich die Haustür unten ins Schloss fallen höre, kehre ich wieder zu Tessa und David zurück.

»Ich verzieh mich dann mal«, murmelt David und lässt uns Freundinnen allein.

Tessa strahlt mich aufgeregt an. »Und?«

»Und was?«

»Na, wie war der Tag mit ihm? Ihr habt einen vertrauten Eindruck auf mich gemacht. Und ich finde es so schön, dich mit ihm zu sehen. Wie du ihn ansiehst. Solch einen Blick habe ich vorher noch nie bei dir gesehen.«

»Jetzt übertreib nicht.«

»Ich übertreibe nicht. Du kannst mir nichts vormachen, dafür kenne ich dich zu gut. Du bist total verliebt.«

»Ach, was.« Trotzig lasse ich mich aufs Sofa fallen. »Vielleicht ein bisschen«, schiebe ich kleinlaut hinterher.

»Das ist doch wundervoll.«

»Nicht wirklich. Ich will keinen Mann. Schon gar nicht einen, der tausendfünfhundert Kilometer von mir entfernt lebt.«

»Ich weiß, die Situation ist verkorkst. Aber du hast bisher nie jemanden an dich rangelassen. Und du kannst mir nicht erzählen, dass das daran lag, dass du keinen Mann willst. Das redest du dir nämlich bloß ein. Tief in deinem Inneren hast du dich schon lange danach gesehnt, jemanden an deiner Seite zu haben. Und diesen Menschen hast du offenbar in Maxim gefunden.«

Ich spüre, wie sich meine Augen mit Tränen füllen. Tessa hat mit jedem Wort recht und gerade das macht mich wütend. Warum muss ich ausgerechnet in Bremen mein Herz verlieren? *Vielleicht, weil es sowieso schon immer hier war,* erklingt eine leise Stimme in meinem Kopf. Aber das macht meine Abreise verdammt noch mal nicht leichter. Ich werde Maxim zurücklassen und ihn vermutlich nie wiedersehen.

Tessa lässt sich neben mir auf dem Sofa nieder und ich spüre ihre warme Hand auf meinem Arm. »Anscheinend habe ich ins Schwarze getroffen.«

Widerwillig nicke ich. Dann lasse ich meinen Kopf an ihre Schulter sinken und gewähre meinen Tränen freien Lauf. Dieser Rollentausch fühlt sich eigenartig an, war ich doch monatelang diejenige, an deren Schulter sich Tessa ausweinte. Ich sauge tief Luft ein und versuche, mich zu sammeln. Dann löse ich mich aus ihrer Umarmung. »Sorry.«

»Du musst dich für gar nichts entschuldigen, Süße. Und ich bin mir sicher, dass es eine Lösung für Maxim und dich gibt.«

»Ich wüsste nicht welche. Ich habe nicht einmal die Möglichkeit, mich bei ihm zu melden, wenn ich in Irland bin. Er hat nicht mal ein Handy.«

»Vielleicht können wir da etwas arrangieren. Wenn er mit dir telefonieren will, kann er jederzeit zu uns kommen. Und wenn wir alle ein bisschen Geld zusammenwerfen, kannst du sicher öfter nach Bremen fliegen. Oder wir schicken ihn zu dir.«

»Ich kann mir kaum vorstellen, dass das einfach so möglich ist. Woher soll er das Geld dafür nehmen? Er lebt am Existenzminimum. Dafür müsste er erst einmal sein Leben neu ordnen.«

»Auch da könnte ich vielleicht helfen.« Tessa lächelt verheißungsvoll.

»Wie meinst du das?«

»Du hast doch erzählt, dass Maxim gelernter Maurer ist, oder?«

»Zumindest hat er das gesagt. Aber welche Rolle spielt das?«

Ihr Grinsen wird breiter. »Falls du es vergessen haben solltest: Ich habe einen extrem netten Ex-Schwiegervater, der zufällig ein erfolgreiches Bauunternehmen führt.«

»Darius! Aber natürlich. Tessa, du bist genial.« Im selben Moment bremse ich mich selbst wieder aus. »Aber glaubst du wirklich, er würde ihm einen Job geben?«

»Er hat ein großes Herz, Liebes. Ich fahre gleich morgen zu ihm. Und wenn seine Antwort positiv ausfällt, wovon ich ausgehe, kannst du mit Maxim darüber reden.«

Sofort kommen mir Zweifel. »Ob er solch ein Angebot überhaupt annehmen würde? Maxim ist schon eine ganze Weile raus aus dem Job. Und es macht nicht den Anschein, als wolle er daran etwas ändern.«

»Er wäre dumm, wenn nicht. Aber trotzdem ist es sicher keine leichte Entscheidung. Denn wenn es stimmt, was du sagst, gefällt ihm dieses Leben ganz gut.«

»Das kann ich ihm zwar nicht wirklich abkaufen, aber ich muss das Thema auf jeden Fall behutsam angehen.«

»Das schaffst du.« Der Ausdruck in Tessas Augen verleiht mir Zuversicht. Vielleicht gibt es wirklich eine Lösung. Es wäre zu schön, um wahr zu sein.

Kapitel 10
Tessa

Ein bisschen unsicher bin ich ehrlich gesagt schon, wenn ich an die Frage denke, die ich Darius gleich stellen werde. Aber er wird bestimmt offen dafür sein. Hoffentlich ist er überhaupt im Büro.

Eigentlich sollte Marc inzwischen an seiner Stelle sitzen, aber daraus ist ja nichts geworden. Bis heute begreife ich nicht, wie dieser Mann – der Mann, den ich einst liebte – sein Leben einfach vor die Wand fahren konnte. Oft frage ich mich, ob diese dunkle Seite schon immer in ihm schlummerte. Aber inzwischen ist es mir egal. Wäre nicht alles so gekommen, wie es gekommen ist, wäre ich David möglicherweise nie begegnet. Dann wäre ich nicht an einem verregneten Novemberabend in ihn hineingerannt und es wäre nie dazu gekommen, dass ich ihm mein Herz ausgeschüttet hätte und mit ihm mein Glück fand.

Eigentlich müsste ich Marc sogar zu Dank verpflichtet sein. Aber jeder Gedanke an ihn ist vergeudet. Zum Glück ist sein Vater das genaue Gegenteil von ihm. Trotz allem, was passiert ist, zählt er mich heute noch zu seiner Familie. Und genau deshalb habe ich Hoffnung, dass er mir meine Bitte nicht abschlagen wird.

Wie lange ich nicht mehr hier war. Ich schaue an der großen Halle empor, vor der einige Transporter und Lieferwagen aufgereiht sind. Auf allen prangt in roter Schrift *Vallender Bau GmbH*, ebenso wie am Gebäude. Ich trete durchs offene Tor und schaue mich um, doch niemand ist zu sehen. Schnurstracks gehe ich aufs Büro zu. Durch die Lamellen an der Scheibe sehe ich Darius hinter seinem Schreibtisch hocken. Welch ein Glück. Sacht klopfe ich an die Tür, bevor ich eintrete.

Als Darius aufblickt, breitet sich sofort ein Lächeln auf seinem Gesicht aus. »Tessa, Liebes! Das ist aber eine schöne Überraschung.« Er springt auf, um mich zu umarmen.

»Ich freue mich, dich zu sehen. Ist schon eine Weile her.«

»Und dann suchst du mich ausgerechnet im Büro auf? Du weißt aber schon noch, wo wir wohnen?«

Ich lache laut auf. »Aber sicher. Wie geht es dir?«

»Na ja, viel Arbeit, wie immer. Dabei wollte ich eigentlich deutlich kürzertreten. Aber das weißt du ja. Was ist mir dir? Alles in Ordnung? Brauchst du etwas?«

»Nicht direkt. Also, nicht ich persönlich. Es geht um einen jungen Mann, den ich kürzlich kennengelernt habe. Maxim.«

Darius' Stirn legt sich in Falten. »Ich glaube, ich komme nicht ganz mit. Er ist doch nicht etwa …«

»Er ist ein Freund von Julia«, falle ich ihm ins Wort, bevor er falsche Schlüsse zieht. »Maxim könnte eventuell einen Job gebrauchen. Er ist gelernter Maurer. Und da kommst du ins Spiel.« Ich setze mein schönstes Lächeln auf.

»Was heißt eventuell?«

»Na ja, Maxim weiß nicht, dass ich dich darum bitten wollte. Es ist … kompliziert.«

»Inwiefern?«

»Er ist schon ewig raus aus dem Job, hat sich ziemlich hängen lassen und fristet ein sehr … trostloses Dasein.«

»Und das bedeutet genau?«

»Er haust irgendwo spartanisch in einem Wohnwagen und verbringt seine Tage auf der Straße.«

Darius lässt sich in seinem Stuhl zurückfallen und mustert mich kritisch. »Verstehe. Schon lange?«

»Etwa drei Jahre. Wie lange er nicht mehr arbeitet, weiß ich allerdings nicht genau.«

»Und du mit deinem großen Herz willst ihn nun da rausholen.«

Nickend zucke ich mit den Schultern. »Ich denke, er hat eine Chance verdient.«

»Du bist sicher, dass er das will?«

»Nicht so richtig. Aber ich wollte ihm nichts von meiner Idee erzählen, bevor ich nicht mit dir darüber gesprochen habe. Nachher hätte ich womöglich falsche Hoffnungen in ihm geweckt.« Unsicher schaue ich ihn an und sehe es hinter seiner Stirn arbeiten.

»Eigentlich brauche ich gerade niemanden. Wir sind ganz gut besetzt. Aber ich kann dir diesen Wunsch schwer abschlagen. Also, sprich mit ihm darüber, und wenn er möchte, kann er gern zu einem Gespräch hierherkommen.«

»Danke, Darius. Du bist der Beste!«

Lachend winkt er ab. »Nicht dafür. Aber erzähl doch mal, wie läuft es bei dir?«

Wir unterhalten uns eine Weile über Gott und die Welt und mir wird bewusst, dass ich mich völlig zu Unrecht ein Stück weit von Marcs Familie entfernt habe. Sie können rein gar nichts für das, was passiert ist. Dennoch erinnern sie mich automatisch an diese schlimme Zeit.

Als ich wieder im Auto sitze, greife ich direkt zu meinem Handy, um Julia anzurufen. Je eher sie mit Maxim darüber sprechen kann, desto besser.

Als sie abhebt, sprudelt es sofort aus mir heraus. »Julia, es ist, wie ich gesagt habe. Darius will mit Maxim sprechen. Wenn er sich nicht allzu dumm anstellt, wird er ihm sicher einen Job geben.«

»Das ist großartig. Ich mache mich sofort auf den Weg in die Stadt. Hoffentlich finde ich ihn. Oh Mann, ich könnte gerade vor Aufregung platzen.«

»Viel Glück, Süße. Und ruf mich nachher an. Ich will wissen, was er von unserem Vorschlag hält.«

Kapitel 11
Maxim

Mehrere Stunden lungere ich am Domshof herum. Mike und Carl leisten mir seit geraumer Zeit Gesellschaft und ich bin froh, dass die beiden Alina nicht im Schlepptau haben.

»Deine Angebetete kommt wohl heute nicht mehr, Alter«, raunt Carl mir zu. »Lass uns woanders hingehen.« Seine Bierfahne weht mir entgegen und ist mir zuwider. Dabei hätte ich selbst nichts gegen ein kühles Pils. Aber ich muss mich zusammenreißen, auch wenn es schwerfällt.

»Geht ihr mal. Ich warte noch ein bisschen.«

»Oje, den hat's total erwischt«, brummt Mike. »Lass uns abhauen, Carl.«

Die beiden zischen ab und ich atme erleichtert auf. Mir wird immer deutlicher bewusst, dass ich dieses Leben nicht mehr will.

Unwillkürlich muss ich an Alex denken, der sich schon so oft vergeblich um mich bemüht hat. Bisher hatten es die Streetworker mit mir nicht sonderlich leicht. Das wird sich ändern. Mit Sicherheit kann er etwas für mich tun. Doch solange Julia in Deutschland ist, werde ich versuchen, so viel Zeit wie möglich mit ihr zu verbringen.

Ich habe diesen Gedanken noch nicht ganz zu Ende gedacht, da sehe ich sie auf mich zukommen. Ihr rotes Haar leuchtet in der grellen Frühlingssonne, doch ihr Lächeln ist noch viel strahlender. Hastig springe ich auf und laufe auf sie zu. Als ich direkt vor ihr zum Stehen komme und ihren Duft wahrnehme, schnellt mein Puls in die Höhe.

Sie umarmt mich etwas ungelenk und ich kann ihre Unsicherheit förmlich spüren. Gestern Abend fühlte es sich anders an, weniger angespannt. Dennoch durchströmt ihre Berührung mich mit Wärme, genauso wie ihr Lachen.

»Hey! Schön, dass du da bist.«

»Ich hoffe, du wartest nicht schon ewig auf mich?«

»Doch, das tue ich«, entgegne ich todernst. Ihr entsetzter Gesichtsausdruck bringt mich zum Schmunzeln. Beschwichtigend hebe ich die Hände. »Aber das Warten hat sich definitiv gelohnt. Schließlich bist du jetzt da.«

»Tut mir echt leid. Ich … musste unbedingt einen Anruf abwarten.«

»Etwas Wichtiges?«

»Ja.«

»Worum ging es? Falls du mir das erzählen willst.«

»Genau gesagt ging es um dich.« Sie sieht aus, als würde sie sich auf die Zunge beißen.

»Um mich?«

»Ach, Mist. Eigentlich wollte ich gar nicht mit der Tür ins Haus fallen. Aber jetzt ist es wohl zu spät dafür.«

Mir wird ein wenig flau im Magen, dennoch will ich unbedingt wissen, worum es geht. »Na, schieß los.«

»Möglicherweise könntest du einen Job bekommen.«

»Einen … Job?« Mehr bringe ich nicht heraus und starre Julia mit offenem Mund an. Damit habe ich nicht gerechnet.

Meine Reaktion löst bei ihr eine Wortflut aus. »Oh nein, es tut mir leid, Maxim. Ich wollte dir damit nicht zu nahe treten. Tessa hatte diese Idee und ich dachte, wir würden dir damit vielleicht eine Freude bereiten. Du musst aber nicht, wenn du nicht willst. Es ist bloß ein Vorschlag und …«

»Jetzt halt mal die Luft an, Julia.«

»Wie bitte?«

»Du musst mir nichts erklären. Ebenso wenig musst du dich entschuldigen.«

»Aber du findest die Idee furchtbar.«

»Ganz im Gegenteil. Sie ist genau das, was ich jetzt brauche, schätze ich. Es sei denn, es handelt sich um einen Job als Stripper.«

Sie öffnet den Mund und schließt ihn wieder wie ein Fisch.

»Hallo, das war ein Scherz, Julia. Oder soll ich etwa wirklich strippen?«

Sie schlägt sich die Hände vors Gesicht und schüttelt den Kopf. »Es geht natürlich um einen Job als Maurer«, murmelt sie hinter ihrem Versteck.

Ich ergreife ihre Hände und ziehe sie zu mir, damit ich ihr Gesicht wieder sehen kann. Sie ist tomatenrot angelaufen und wenn es ein Loch im Erdboden gäbe, würde sie mit Sicherheit einen Kopfsprung hinein machen.

Plötzlich überkommt mich erneut der Wunsch, sie zu küssen. Es kostet mich alle Mühe, mich zurückzuhalten. Als mein Daumen über ihre Lippen streift, senkt sie erschrocken den Kopf. Von mir selbst überrascht, schlinge ich meine Arme um sie und ziehe sie nah an meinen Körper. »Du bist wundervoll, weißt du das?«, raune ich ihr ins Ohr.

Ihr Kopf an meiner Schulter bewegt sich verneinend nach links und rechts. Dann endlich entspannt sie sich und wir verharren eine Weile in dieser Position. Mein Puls rast und doch fühle ich mich eigentümlich entspannt.

Der Klang ihrer Stimme holt mich wieder ins Hier und Jetzt zurück. »Also bist du nicht sauer?«

»Warum sollte ich sauer sein?«

Sie löst sich von mir. »Na ja, du sagtest, du magst dein Leben, wie es ist.«

»Was du mir aber von Anfang an nicht abgekauft hast.«

»Und trotzdem ließ mich der Gedanke nicht los, dass das Jobangebot zu übergriffig sein könnte. Aber du musst es nicht annehmen. Ich dachte halt bloß, ich müsse irgendetwas tun, bevor …« Sie hält inne und wendet den Blick von mir ab.

»… bevor du Bremen wieder verlässt?« Mein Herz wird schwer.

»Genau.« Es ist nicht mehr als ein Flüstern.

»Jetzt erzählst du mir erst einmal in Ruhe, worum es geht, okay? Komm, wir setzen uns auf eine Bank.«

Julia nickt und berichtet mir von Tessas Schwiegervater, der ein Bauunternehmen führt. Dass Tessa ihn überredet hat, mich einzustellen, hinterlässt mich wirklich sprachlos.

Julia scheint meine Zweifel zu bemerken. »Es ist erst einmal ein Gespräch. Aber Tessa ist überzeugt, dass er dir einen Job geben wird.«

»Was macht sie da so sicher?« Ich will mir keine falschen Hoffnungen machen.

»Ihre Menschenkenntnis?«

»Hm«, brumme ich.

Julia mustert mich von der Seite. »Und? Wirst du hingehen?«

»Natürlich werde ich hingehen.«

»Natürlich?«

»Na klar. Und das alles nur wegen dir, Julia. Der Wille, mein Leben auf die Reihe zu bekommen, ist präsenter denn je. Wie könnte ich also solch eine Chance ungenutzt lassen?«

»Das freut mich.« Sie lächelt verlegen.

»Und weißt du was? Wenn es wirklich klappt und ich demnächst Geld verdiene, dann werde ich dich in Irland besuchen.«

Perplex schaut sie mich an. »Das wäre wirklich wundervoll.«

Plötzlich macht sich ein Gefühl in mir breit, welches ich lange verloren glaubte: Hoffnung.

Wir sitzen im Bürgerpark auf einer Bank am Emmasee, als Julias Handy klingelt. »Entschuldige mich kurz.« Sie springt auf und entfernt sich ein paar Schritte.

Obwohl ich nicht hören kann, was sie sagt, ahne ich, dass sie gerade mit Tessa spricht. Sie wirkt gelöst, als sei die ganze Anspannung von vorhin gar nicht vorhanden gewesen. Lächelnd kehrt sie nach wenigen Minuten zu mir zurück. »Das war Tessa. Sie spricht sofort mit Darius und meldet sich dann wieder, hoffentlich mit einem Gesprächstermin für dich.«

»Es macht dich froh, dass ich mich darauf einlasse. Oder täusche ich mich?«

»Du täuschst dich nicht.«

»Warum ist dir das so wichtig?«

»Weil ich will, dass es dir gut geht?«

»Und du willst es, weil …?«

»Löchere mich doch nicht so!«

»Entschuldige.« Ich will es doch nur aus ihrem Mund hören. Aber selbst, wenn sie zugibt, dass sie mich gern hat, bringt uns das nicht weiter. Mal abgesehen davon, dass ich dann einen Grund hätte, sie wirklich in Irland zu besuchen. »Ich will bloß herausfinden, ob sich mein Kampf lohnt«, murmle ich vor mich hin.

»Was hast du gesagt?«

»Du hast mich schon verstanden.« Mutig ergreife ich ihre Hand und schaue intensiv in ihre grünen Augen. »Du bedeutest mir sehr viel, Julia. Deshalb … will ich nicht, dass du gehst. Ich will, dass du bei mir bleibst.«

Sie senkt den Blick und starrt auf unsere ineinander verschlungenen Finger. »Selbst, wenn ich wollte, kann ich nicht einfach bleiben.«

»Würdest du denn überhaupt wollen?«

»Ich weiß nicht. Ich …« Endlich sieht sie mich wieder an. »Ich denke schon.«

Mein Herz setzt einen Schlag aus. »Das ist alles, was ich wissen muss.«

»Und was fangen wir jetzt damit an?« Ihre Stirn legt sich in Falten, ihr Blick wird ernst.

»Irland ist nicht aus der Welt. Wir finden sicher Wege, um uns wiederzusehen. Aber jetzt machen wir erst mal einen Schritt nach dem anderen. Wenn das mit dem Job klappt, sind wir schon ein ganzes Stück weiter.«

»Das klappt mit Sicherheit.« Genau in diesem Moment gibt Julias Handy einen Signalton von sich. »Eine Mail von Tessa. Du hast morgen Nachmittag einen Termin bei Darius. Tessa bringt dich hin. Du sollst um 15.30 Uhr bei ihr sein.«

»Krass. Spätestens jetzt bin ich nervös.«

»Das musst du nicht sein. Sei einfach du selbst, dann wird das schon klappen.«

»Aber ich habe seit Jahren keinen Finger mehr gerührt. Was ist, wenn ich alles verlernt habe?«

»So was verlernt man doch nicht. Das ist wie Fahrradfahren. Gibt den Zweifeln bloß keinen Raum«, mahnt sie mich.

Auch wenn ich weiß, dass das verkehrt ist, kann ich diese Sorge nicht einfach abstellen. Viel zu lange habe ich mich hinter einer Mauer aus Beton versteckt. Dass diese plötzlich zum Einsturz gebracht wird, Schlag auf Schlag, bringt mich völlig aus dem inneren Gleichgewicht. Und der Gedanke, bald wieder zu arbeiten, setzt mich ein wenig unter Druck. *Was ist, wenn ich es verbocke?*

»Ich weiß nicht mal, was ich anziehen soll. So kann ich schlecht gehen.« Missmutig deute ich auf meine verschlunzte Kleidung.

»Vielleicht kann David dir etwas leihen? Das müsste ungefähr passen. Oder …«

»Oder was?«

»Wir gehen shoppen. Ich kaufe dir etwas.«

»Auf gar keinen Fall.«

»Oh doch. Wenn du es nicht annehmen willst, kannst du mir das Geld gern zurückzahlen, wenn du den Job bekommst.« Sie grinst mich siegessicher an.

Ich zögere einen Augenblick, doch dann gebe ich mich geschlagen. »Okay. Deal.«

Eine Stunde später befinden wir uns in einem großen Bekleidungsgeschäft. Es muss eine Ewigkeit her sein, seit ich das letzte Mal so einen Laden betreten habe. Ich fühle mich unbehaglich und schaue mich ratlos um. »Meinst du, wir finden überhaupt etwas?«

»Natürlich. Komm schon. Herrenkleidung ist, glaub ich, oben.« Julia zieht mich energisch hinter sich her zur Rolltreppe und deutet auf ein Schild. »Wir müssen in die erste Etage.« Dort angekommen fackelt sie nicht lange. Sie fragt nach meiner Größe, wühlt sich durch sämtliche Kleiderständer und packt sich ein Teil nach dem anderen auf den Arm.

Es amüsiert mich, ihr dabei zuzuschauen. »Bist du gleich fertig?«

»Wieso?« Entgeistert schaut sie mich an.

»Na ja, ich brauche lediglich *ein* Outfit. Nicht zehn.«

»Das ist mir klar. Aber ich weiß nicht, was dir gefällt.«

»Du könntest einfach fragen.«

Julia stößt ein schrilles Lachen aus und senkt beschämt den Blick. »Entschuldige.«

»Vielleicht gehen wir einfach mit dem ganzen Zeug zur Umkleidekabine.«

»Gute Idee.«

Zunächst probiere ich eine der Jeanshosen an, die Julia für mich ausgesucht hat. Gleich die erste passt perfekt und sieht gut aus. »Die dunkelgraue Jeans ist super. Brauche die anderen gar nicht mehr anprobieren.«

»Bist du sicher?«

»Ganz sicher.«

»Okay. Dann fehlt nur noch ein Hemd.«

»Mh«, brumme ich. Ob ich mich darin überhaupt wohlfühle? Nachdem ich vier verschiedene Hemden angezogen habe, stelle ich fest, dass ich darin gar nicht schlecht aussehe.

»Und?«, fragt Julia. Sie erwartet wohl, dass ich ihr die Sachen vorführe.

Irgendwie komme ich mir blöd dabei vor. Dennoch schiebe ich den Vorhang zur Seite und präsentiere mich ihr in meiner neuen Jeans und einem hellblauen Hemd. »Und, was meinst du?«

Mit offenem Mund starrt sie mich an. »Wow. Du siehst toll aus.«

»Ehrlich? Ich fühle mich ein bisschen verkleidet.« Trotzdem halte ich ihr noch das dunkelrote Hemd entgegen. »Welches gefällt dir besser?«

»Hm, schwierig. Wir nehmen sie einfach beide.« Ich will Einspruch erheben, aber Julia lässt mich nicht zu Wort kommen. »Widerstand zwecklos.«

Ergeben nicke ich und ziehe den Vorhang wieder zu. Ihre direkte Art ist genau das, was ich gerade brauche. Ohne sie hätte ich niemals den Antrieb gefunden, etwas zu ändern. Jetzt kann ich nur hoffen, den Job auch wirklich zu bekommen. Ich will Julia nicht enttäuschen. Und das werde ich auch nicht. Falls es dieser Job nicht wird, dann eben ein anderer. Mein Kampfgeist ist geweckt.

Kapitel 12
Julia

Wie gut Maxim in seinem neuen Outfit aussah. Für einen Moment musste ich die Luft anhalten. Dieser Anblick hat mich, zugegebenermaßen, ziemlich nervös gemacht. Ich hasse, es, meine Gefühle nicht unter Kontrolle zu haben.

Jetzt muss Maxim nur noch etwas selbstsicherer auftreten. Abgesehen davon bin ich überzeugt, dass Darius ihm den Job geben wird. Er *muss* einfach. Ihm wird nicht entgehen, wie sehr Maxim das will. In seinen Augen ist plötzlich etwas Kämpferisches zu erkennen.

Nach unserer kleinen Shoppingtour trinken wir zusammen einen Kaffee und verabschieden uns dann voneinander. Maxim will sich noch mit einem Streetworker treffen und sich bei ihm ein paar Tipps für das bevorstehende Gespräch holen. Es ist ihm wirklich ernst, und das macht mich unfassbar froh.

Zu Hause angekommen, wähle ich aufgeregt Tessas Nummer. Als sie das Gespräch entgegennimmt, plappere ich direkt drauflos. »Hi Liebes. Maxim ist bereit für morgen. Wir haben ihm gerade ein paar neue Klamotten für das Vorstellungsgespräch besorgt.«

»Das hört sich toll an. Er wird das schaffen. Da bin ich mir sicher.«

»Und wenn nicht?« Nun gebe ich den Zweifeln Raum. Dabei habe ich Maxim kurz zuvor noch erklärt, wie dumm das ist.

»Darüber können wir reden, wenn es so weit ist. Jetzt sei nicht so pessimistisch. Das bist du doch sonst auch nicht.«

»Ich weiß. Ich will …« *Was will ich denn eigentlich?*

»Ich verstehe schon. Maxim ist dir eben verdammt wichtig, nicht wahr?«

»Ja, das ist er. Und Samstag ist alles vorbei.«

»Nein, das ist es sicher nicht.«

»Tessa, ich bin nicht naiv. Wenn ich in Irland bin, wird er mich vergessen. Aus den Augen, aus dem Sinn.«

»Blödes Sprichwort. Wo ein Wille ist, ist auch ein Weg. Hört sich viel besser an.«

»Da bin ich mir nicht sicher.«

»Ich aber.«

Nachdem wir unser Gespräch beendet haben, lasse ich mich auf mein Bett fallen und starre an die Decke. Sofort kommt mir wieder in den Sinn, wie Maxim meine Hände nahm, wie sein Daumen sacht über meine Lippen fuhr. Ich dachte, mein Herz würde mir aus der Brust springen. Und als er mich dann an sich zog und mir sagte, er würde mich in Irland besuchen wollen – das alles fühlte sich so echt, so aufrichtig an. Möglicherweise hat Tessa doch recht und es gibt einen Weg für Maxim und mich. Ich weiß nur noch nicht, wie dieser aussehen soll.

Mir schwirrt der Kopf von all diesen Gedanken und ich bin erleichtert, als mich endlich die Müdigkeit überrollt und ich in den Schlaf gleite.

Kapitel 13
Maxim

Mit dem Fahrrad mache ich mich auf den Weg zu Tessa. Es ist warm – der Frühling hat inzwischen die Oberhand gewonnen – und ich hoffe, nicht total verschwitzt bei ihr anzukommen. Zum Glück habe ich genug Zeit und kann ganz gemütlich fahren. Nach gut zwanzig Minuten stehe ich bei ihr vor der Tür. Nervös drücke ich die Klingel, als würde sie diejenige sein, mit der ich das Gespräch führen muss.

»Ich komme sofort runter«, ruft sie durch die Gegensprechanlage. Eine Minute später steht sie vor mir und schaut mich verblüfft an. »Wow, Maxim! Du siehst super aus.«

Verlegen ziehe ich die Schultern hoch. Ich habe mich spontan für das rote Hemd entschieden. Außerdem habe ich mich heute glattrasiert und meine Locken mit ein wenig Haargel gebändigt. »Danke.«

»Und, bist du nervös?«

»Ich sterbe fast.«

»Das musst du nicht. Mein Schwiegervater ist die Güte in Person.« Sie lächelt mich aufmunternd an. »Komm, mein Auto steht im Hinterhof.«

Angespannt folge ich ihr zum Auto und steige ein. In meinem Kopf herrscht das reinste Chaos. Konzentriert versuche ich, meine Gedanken zu ordnen und mir die richtigen Worte zurechtzulegen. Tessa lässt mich in Ruhe. Vielleicht würde mich ein Gespräch ablenken, aber ich bringe kein Wort heraus.

Als wir wenig später auf das Gelände der *Vallender Bau GmbH* fahren, zieht sich mein Magen krampfhaft zusammen.

»Da wären wir«, sagt Tessa, nachdem sie den Wagen abgestellt hat. Mein gequälter Gesichtsausdruck ist ihr anscheinend nicht entgangen, denn sie legt beruhigend ihre Hand auf meinen Arm. »Mach dir keine Sorgen. Das wird schon klappen. Sei einfach du selbst.«

Ich stoße laut Luft aus. »Ich will das nicht verbocken, weißt du?«

»Wegen Julia?«

»Könnte es einen besseren Grund geben, um mein Leben wieder auf Kurs zu bringen?«

Sie schüttelt lächelnd den Kopf. »Darüber reden wir gleich noch mal, nachdem du den Job in der Tasche hast.«

»Was macht dich eigentlich so sicher, dass ich ihn bekomme?«

Sie zuckt mit den Schultern. »Ich glaube einfach an dich. Und ich kenne meinen Schwiegervater.« Verschwörerisch zwinkert sie mir zu. »Und jetzt lass uns reingehen.«

Nervös trete ich hinter Tessa durch das große Rolltor der Halle. Sie steuert zielstrebig auf ein kleines Büro zu, vor dem ein groß gewachsener drahtiger Mann Anfang sechzig auf uns wartet. Mit seinem grau melierten Haar, der sonnengebräunten Haut und dem Schnurrbart hat er fast etwas von George Clooney.

Mit offenem, freundlichem Blick kommt er auf uns zu und begrüßt zunächst Tessa herzlich, dann reicht er mir die Hand. »Hallo. Darius Vallender.«

»Maxim Ferber. Freut mich sehr, Sie kennenzulernen.«

»Dann kommen Sie mal mit.«

»Ich warte draußen am Auto«, ruft Tessa uns zu und streckt beide Daumen in die Höhe.

Ich ringe mir ein Lächeln ab und folge Herrn Vallender nervös in sein Büro. Er deutet auf einen Stuhl und ich nehme Platz.

Neugierig mustert er mich. »Erzählen Sie mir etwas über sich.«

Mein Hals ist trocken und ich kann meiner Stimme nicht trauen. Nachdem ich mich zweimal geräuspert habe, beginne ich zögerlich damit, ihm von meinem beruflichen Werdegang zu berichten. Und das ist innerhalb einer Minute erledigt. Unbehaglich ziehe ich meine Schultern hoch.

Herr Vallender wedelt mit der Hand. »Über Ihre fachlichen Qualitäten mache ich mir keinerlei Gedanken. Mir ist klar, dass Sie etwas eingerostet sind. Aber Sie machen den Eindruck, dass Sie das gut hinbekommen werden.«

»Was macht Sie da so sicher?«

»Menschenkenntnis. Außerdem verlernt man so etwas nicht. Mich interessieren aber viel mehr Ihre privaten Umstände. Wollen Sie mir erzählen, wie Sie in diese Situation hineingeraten sind?«

Nein, will ich nicht. Mir wird heiß und kalt. Wenn ich ihm alles sage, kann ich den Job eh vergessen. »Also, ich …«

»Sie müssen nicht.« Herr Vallender beugt sich vor und lächelt mild. »Doch es würde mich aufrichtig interessieren. Wenn ich meine Mitarbeiter kenne, kann ich viel besser auf sie eingehen.«

Ich starre auf meine schwitzigen Hände und schlucke hart, während ich mich frage, was Tessa ihm bereits über mich erzählt haben mag. Am liebsten möchte ich schweigen, andererseits habe ich eh nicht viel zu verlieren. Also fasse ich mir ein Herz und lasse Herrn Vallender an meiner Geschichte teilhaben. Nachdem der Knoten geplatzt ist, fließen die Worte nur so aus mir heraus. Unsicher flattert mein Blick zu ihm herüber, als ich mit meinen Erzählungen fertig bin. »So, jetzt wissen Sie alles über mich. Fast alles.«

»Das ist … Es tut mir sehr leid.« Herrn Vallenders Stirn hat sich in Falten gelegt. »Darf ich fragen, warum Sie nach der Trennung von Ihrer Frau nicht versucht haben, wieder auf die Füße zu kommen?«

Die Antwort ist simpel und schmerzhaft zugleich. Wieder weiche ich seinem Blick aus. »Weil ich glaubte, ich sei es nicht wert.« Meine Worte sind nicht mehr als ein Flüstern.

»Das ist doch Quatsch«, stößt es aus Herrn Vallender heraus. Überrascht schaue ich ihn an. Doch ich muss ihm zustimmen. »Ja, das weiß ich jetzt auch.« Unwillkürlich muss ich lächeln.

Auch die Miene meines Gegenübers hellt sich merklich auf.

»Die Liebe?«

»Ja.«

»Liebe kann Berge versetzen. Und ich versetze jetzt auch einen Berg für Sie, Herr Ferber. Sie bekommen den Job. Zum 01. Mai können Sie anfangen.«

»Ist das Ihr Ernst?«

»Aber sicher.«

»Das ist fantastisch. Vielen Dank.«

»Nicht dafür. Ich werde den Arbeitsvertrag aufsetzen und Sie kommen nächste Woche rein, um ihn zu unterzeichnen. Da wäre aber noch etwas. Ich möchte, dass Sie ein festes Dach über dem Kopf haben, damit Sie ausgeruht und zuverlässig arbeiten können. Ich denke nicht, dass der alte Wohnwagen ein geeignetes Zuhause ist, auch wenn das jetzt übergriffig klingen mag.«

Ich nicke, auch wenn ich nicht weiß, wie ich das bewerkstelligen soll.

»Ich bin im Besitz einiger Immobilien, habe allerdings momentan nichts Passendes für Sie frei. Aber ich werde bei einem Bekannten nachfragen, der mehrere Mietobjekte hat. Möglicherweise kann er etwas für Sie tun. Wären Sie damit einverstanden?«

Meine Gedanken überschlagen sich. So viele Veränderungen auf einmal. »Selbstverständlich.«

»Hervorragend.« Herr Vallender reicht mir die Hand. »Sie stehen mit Tessa in Kontakt? Dann werde ich ihr Bescheid geben, wann Sie den Vertrag unterschreiben können.«

»Vielen Dank, Herr Vallender.« Ich habe das Gefühl, vor Freude zu zerplatzen. Nachdem ich mich verabschiedet habe, eile ich nach draußen zu Tessa.

Sie lehnt an ihrem Auto und schaut mich erwartungsvoll an. »Und? Wie ist es gelaufen?«

»Ich hab den Job!«

»Das ist der Wahnsinn. Ich hab's dir doch gesagt.« Sie fällt mir überschwänglich um den Hals. »Das muss gefeiert werden. Ich rufe sofort Julia an.« Sie zieht ihr Handy aus der Tasche, tippt darauf herum und hält es mir dann hin. »Du solltest es ihr selbst sagen.«

Nervös nehme ich es an mich und lausche dem Freiton.

Nach wenigen Sekunden nimmt Julia ab. »Tessa, wie ist es gelaufen?«

»Ich habe den Job, Julia.«

»Maxim? Das ist wunderbar. Ich freue mich so sehr für dich.«

»Danke.« Meine Stimme ist nur noch ein heiseres Krächzen. Ich kann selbst noch nicht fassen, wie viel Glück ich habe. »Tessa meint, das müsse gefeiert werden. Hast du Lust?«

»Was ist das denn für eine Frage? Natürlich.«

»Ich … Warte kurz.« Ich halte Tessa wieder ihr Handy hin.

»Julia? Ich bin's. Tessa. Ich schlage vor, wir holen dich jetzt ab und gehen dann ins *Coffee's*. David macht sicher jeden Moment Feierabend. Ich sage ihm Bescheid, dass er auch kommen soll. Ist das nicht toll?« Tessa hört einen Moment zu und verabschiedet sich dann. »Bis gleich, Liebes.« Schließlich wendet sie sich wieder an mich. »Dann los. Lassen wir die Korken knallen.«

Kapitel 14
Julia

Gemeinsam mit Tessa und David sitzen Maxim und ich an einem Fensterplatz im *Coffee's*. Christoph kommt gerade mit einer Flasche Sekt an unseren Tisch und macht sich am Korken zu schaffen.

»Darf ich?«, fragt Maxim.

»Na klar.« Chris reicht ihm die Flasche und einen Augenblick später fliegt der Korken mit einem lauten Knall in die Luft und landet hinter uns auf dem Boden. Maxim lacht laut und befreit und es macht mich unfassbar glücklich, ihn so zu sehen.

»Du hast das echt verdient, Maxim«, sage ich von Stolz erfüllt. Sein offener Blick trifft mich unvorbereitet und ich spüre die Röte in mir aufsteigen.

»Das habe ich alles dir zu verdanken. Und Tessa. Von selbst hätte ich niemals den Antrieb gefunden, etwas zu ändern. Aber jetzt … Ich bin völlig aus dem Häuschen. Jetzt fehlt mir nur noch eines zu meinem Glück.« Er umfasst meine Hand und führt sie an seine Lippen.

Stumm starre ich ihn an, völlig überwältigt von dem Gefühlschaos, das in mir tobt.

»Gib her, ich schenke uns ein«, sagt Tessa. Sie zieht die Sektflasche zu sich herüber und befüllt unsere Gläser. »Auf dich, Maxim. Und auf alles, was kommt.«

Klirrend stoßen unsere Gläser aneinander und ich gönne mir einen großen Schluck. Ich könnte durchaus etwas Stärkeres vertragen.

»Wollt ihr etwas essen?«, fragt Christoph.

»Bring uns eine große Vorspeisenplatte«, entgegnet David.

»Wird gemacht.« Chris verschwindet in Richtung Küche.

Auf mein Drängen beginnt Maxim haarklein von seinem Vorstellungsgespräch zu berichten. Als er mit seinen Erzählungen abschließt, wirkt er noch genauso aufgeregt wie zuvor. »Eine richtige Wohnung. Das kann ich mir gar nicht vorstellen. Ich meine, ich hatte mich mit dem, was ich habe, abgefunden und plötzlich ändert sich *alles*.«

»Und zwar zum Guten«, wirft Tessa ein. »Wir freuen uns riesig für dich. Jetzt müssen wir nur noch Julia zum Bleiben überreden.« Sie grinst mich herausfordernd an.

In diesem Moment würde ich sie am liebsten schütteln. Sie weiß doch, dass das nicht geht. Aber sie weiß auch, dass es das ist, was ich will. Und genau da liegt der Hase im Pfeffer. Diese furchtbare Zwickmühle lässt mich völlig verzweifeln.

In den letzten Tagen habe ich versucht, mich zu dreiteilen. Die Vormittage verbrachte ich mit Maxim, nachmittags traf ich mich mit meinen Freundinnen und die Abende gehörten meiner Schwester. Abgesehen von diesem.

Es ist der erste Freitag im April und somit der Abend, den ich mit Tessa und Eva im *Q1* verbringen werde. Dieses Treffen hat Tradition, seit ich Tessa vor ein paar Jahren kennenlernte.

Doch es ist auch mein letzter Abend in Bremen. Morgen früh geht mein Flug zurück nach Irland. Am liebsten möchte ich Maxim noch einmal sehen, obwohl wir uns heute Vormittag bereits voneinander verabschiedet haben.

Wenn ich könnte, würde ich einfach bleiben. Aber was ist dann mit meinen Eltern? Ich kann sie doch nicht einfach im Stich lassen. Auch wenn mein Vater sich bestens erholt hat. Wer kümmert sich dann um den Haushalt? Wer begleitet Dad zu seinen Arztterminen? Würden meine Geschwister das hinkriegen?

Entschlossen schiebe ich diese Gedanken beiseite. Jetzt werde ich den Abend genießen und sonst nichts. Als es klingelt, eile ich zur Tür. Das muss Tessa sein.

»Hi Liebes!« Sie begrüßt mich freudig, aber ich bemerke noch etwas anderes in ihrem Blick. Ich kenne sie zu gut. Genauso hat sie geschaut, als ich Bremen vor zwei Jahren den Rücken gekehrt habe. Und morgen ist es wieder so weit. Dieser Gedanke schmerzt und ich kann ihn einfach nicht aus meinem Sinn vertreiben. Erst recht nicht, wenn ich meine Freundin anschaue.

»Nun guck doch nicht so bedröppelt. Das haben wir doch schon einmal geschafft«, versuche ich mich selbst zu beruhigen.

»Doch diesmal wirst du viel mehr in Bremen zurücklassen.«

Wie könnte ich das vergessen. Dennoch zucke ich lediglich mit den Schultern. Ich will nicht darüber nachdenken. Nicht jetzt. Das Thema haben wir in den letzten Tagen schließlich immer und immer wieder durchgekaut. Und jeden Lösungsansatz habe ich abgeschmettert, weil es eben einfach keine Lösung gibt. Zumindest keine, mit der ich leben kann. Oder will. Ich bin einfach nicht in der Lage, irgendeine Entscheidung zu treffen. Also bleibe ich bei meinem ursprünglichen Plan, wieder nach Irland zurückzukehren. Und dort kann ich wieder klar im Kopf werden, meine Gedanken sortieren und mir dann in Ruhe überlegen, was ich will.

»Lass uns losfahren«, sage ich zu Tessa. Und an meine Schwester gerichtet: »Möchtest du nicht doch mitkommen, Mona?«

Sie erscheint im Türrahmen und schüttelt den Kopf. »Lass mal. Das ist euer Mädelsabend. Genieße ihn.«

Irgendetwas an Monas Körperhaltung stört mich. »Was ist denn los?«

»Nichts. Nur dass ich denke, dass Tessa recht hat. Du lässt viel zurück. Bestimmt finden wir eine Lösung, wenn du endlich bereit bist, dich damit auseinanderzusetzen.«

»Und wie soll die bitte schön aussehen?«

»Darüber sprechen wir später. Jetzt geht erst einmal los. Sonst muss Eva noch auf euch warten.«

Tessa und ich schauen uns an und verfallen in lautes Gelächter. »Niemals!«, entgegnen wir wie aus einem Munde.

Dennoch machen wir uns zügig auf den Weg zum Q1. Während der kurzen Autofahrt schweigen wir. Ich sehe, wie es in Tessa arbeitet. Ein leichter Nieselregen legt sich wie ein Film auf die Windschutzscheibe ihres Autos, nur um Sekunden später weggewischt zu werden und wieder aufs Neue zu erscheinen. Genauso geht es mir. Ich denke an Maxim, an Mona, an Tessa – an alles, was mich in Bremen hält. Krampfhaft versuche ich, diese Gedanken wegzuwischen, doch sie dringen immer wieder an die Oberfläche.

Tessa parkt den Wagen und sieht mich an. »Ich weiß, dass ich dich nicht davon abhalten kann, wieder nach Irland zu fliegen. Aber ich weiß, wie sehr du selbst mit dieser Entscheidung haderst. Und das zerreißt mich. Zu wissen, dass du eigentlich lieber hier wärst als dort. Das ist doch verrückt, Julia.«

»Und was soll ich deiner Meinung nach tun?«

»Eine Entscheidung treffen, anstatt davor wegzulaufen. Eine, die für alle gut ist.«

»Als ob das so einfach wäre.«

»Vielleicht ist es das. Deinem Vater geht es deutlich besser als noch vor zwei Jahren. Du kannst mir nicht erzählen, dass deine Geschwister nicht in der Lage sind, deine Eltern zu unterstützen. Und wenn keiner von ihnen Zeit oder Lust hast, sich um den Haushalt zu kümmern, dann findet sich sicher eine Haushaltshilfe. Rede mit deinen Eltern darüber. Sie werden es verstehen.«

»Ich weiß nicht.«

»Aber ich weiß. Und dir wird das ebenfalls schneller klar werden, als dir lieb ist.«

»Warum ist dir das eigentlich so wichtig?«

»Was ist das denn für eine Frage? Das liegt doch wohl auf der Hand. Erstens bin ich total egoistisch und will meine beste Freundin wieder bei mir haben …«, Tessa lacht laut auf, »… und zweitens hast du endlich dein Herz an jemanden verschenkt. Du kannst unmöglich so tun, als würde das nichts bedeuten.«

»Tue ich auch nicht. Aber …«, ich stoße laut Luft aus, »… mal sehen. Vielleicht fällt mir irgendetwas ein.«

»Ganz bestimmt sogar. Es gibt für alles eine Lösung. Und für Maxim lohnt es sich mehr denn je, eine zu finden.« Tessa schaut mir zuversichtlich in die Augen. »Und jetzt lass uns aussteigen. Sonst ist Eva tatsächlich noch vor uns da.«

So plötzlich wie der Regen kam, lässt er wieder nach. Nach zwei Minuten erreichen wir das *Q1*. Von Eva ist keine Spur zu sehen. Ich werfe einen Blick auf die Uhr und kann mir ein Lächeln nicht verkneifen. »Fünf nach sieben. Lass uns schon mal reingehen.«

»Gute Idee.«

Zielstrebig steuern wir auf unseren Stammplatz zu, an dem wir jahrelang zu viert gesessen haben. Tessa, Eva, Elisa und ich. Ein Gefühl von Wehmut durchflutet meinen Körper. »Schade, dass Elisa wieder nicht dabei ist.«

»Ja, finde ich auch. Unsere Mädelsabende sind deutlich weniger lustig, seit Eva und ich nur noch zu zweit sind. Aber wenigstens bist du heute da.« Tessas Blick gleitet zur Tür. »Ach, schau mal, wer da kommt. Und nur zehn Minuten zu spät.«

Eva rauscht, abgehetzt wie immer, zu uns herüber. »Entschuldigt Mädels, Leo hat sich gerade von oben bis unten vollgeschissen. Das konnte ich unmöglich Olli allein überlassen.«

»Okay, diese Ausrede lassen wir gelten«, entgegne ich. Tessa nickt bestätigend.

»Ja, das hätte Olli nicht verkraftet. Er fängt jedes Mal an zu würgen, wenn er Leos Windeln wechseln muss.« Eva macht eine wegwerfende Geste und greift zur Speisekarte. Tessa und ich tun es ihr gleich.

Am Anfang unterhalten wir uns fröhlich und entspannt, doch nach und nach ziehe ich mich immer mehr aus dem Gespräch zurück. Ich muss an Maxim denken und an das, was Tessa vorhin sagte. Ob es tatsächlich eine Möglichkeit gibt, mit ihm zusammen zu sein? Kann ich Irland – und damit auch meine Eltern – verlassen, um bei ihm sein zu können? Oder könnte er nach Irland kommen? Und will ich das alles überhaupt?

»Hey, Julia. Wo bist du denn mit deinen Gedanken?« Eva schaut mich fragend an.

»Das ist doch klar«, antwortet Tessa für mich. »Maxim geistert dir durch den Sinn, nicht wahr?«

Ich nicke finster.

»Da fällt mir ein …«, Tessa wirft einen prüfenden Blick auf die Uhr, »… wir sollten langsam zahlen. Es ist gleich zehn Uhr.«

»Ist doch noch total früh«, meint Eva.

»Ja, schon. Aber Julia muss morgen früh ihren Flieger kriegen. Und außerdem …«, Tessa wendet sich mir zu, »… wartet noch jemand auf dich.«

»Wie bitte? Wer denn?«

»Ach, Julia. So schwer ist das doch nicht zu erraten, oder?«

»Ich verstehe nicht …«

»Maxim wird dich nach Hause bringen. Stilecht auf seinem Fahrrad.«

Mein Herz macht einen Satz.

Tessa lächelt triumphierend. Dann winkt sie den Kellner zu uns.

Kapitel 15
Maxim

Schon eine ganze Weile warte ich draußen auf Julia. Ich will sie auf keinen Fall verpassen. Mein Herz rast und gleichzeitig fühlt es sich schwer an. Gleich muss ich mich von ihr verabschieden. Auch wenn wir das heute Morgen schon gemacht haben. Im Gegensatz zu ihr wusste ich immerhin, dass wir uns heute Abend noch einmal sehen würden. Doch ob ich sie danach je wiedersehen werde, steht in den Sternen. Wenn sie erst einmal zurück in Irland ist, vergisst sie mich möglicherweise ganz schnell wieder. Ich will alles daransetzen, dass das nicht passiert.

In diesem Moment öffnet sich die Tür des Restaurants und Julia tritt gemeinsam mit ihren Freundinnen ins Freie. Sie schaut mir direkt in die Augen und ein freudiges Lächeln umspielt ihre Lippen. Doch gleichzeitig sehe ich ihre Zerrissenheit.

Julia kommt auf mich zu und bleibt mit hochgezogenen Schultern vor mir stehen. »Hey … Haben wir den Abschied heute Vormittag nicht extra kurz und schmerzlos gemacht?«

Grinsend zucke ich mit den Schultern. »Ich bin nicht der Typ für kurz und schmerzlos. Also: Hier bin ich!« Wieder zuckt ein Lächeln über ihr Gesicht und ich nutze den Moment, um sie in eine kurze Umarmung zu ziehen. »Ich dachte mir, da ich nicht weiß, wann ich dich wiedersehen darf, kann ich mich wenigstens zweimal von dir verabschieden. Und dich noch einmal auf meinem Lenker durch die Gegend kutschieren.«

»Weil das so gemütlich ist.«

»Und romantisch.«

»Aber so was von«, quatscht Tessa dazwischen. »Bring sie heil nach Hause, Maxim.« Dann drückt sie Julia an sich und raunt ihr zu: »Wir sehen uns dann morgen früh. Genieße es.«

Julias Freundinnen lassen uns allein zurück und plötzlich fühle ich mich unsicher. »Ich … ich hoffe, es ist okay, dass ich hier aufgetaucht bin. Ich hatte mich bei Tessa erkundigt, wann und wo ich dich noch einmal sehen könnte. Ich bin einfach nicht bereit, dich gehen zu lassen.«

»Was hast du vor? Willst du mich irgendwo anketten?«

»Keine schlechte Idee. Aber erst wollte ich nur dafür sorgen, dass du deinen Flug verpasst. Dann könntest du wenigstens noch ein paar Tage bleiben.«

»Das meinst du nicht ernst.« Sie starrt mich entgeistert an.

»Nur ein Scherz. Obwohl …«

»Ich warne dich!«

»Entspann dich. Ich wollte einfach noch ein bisschen Zeit mit dir verbringen.«

Nun lächelt sie wieder. »Sehr gern. Aber kein Abschieds-drama, ja?«

»Ganz wie die Dame wünscht. Wollen wir dann?« Ich deute auf mein Fahrrad, das ich an einer Hauswand abgestellt habe.

»Nichts lieber als das«, entgegnet Julia augenrollend. Irgend-wann werde ich ihr hoffentlich etwas anderes als mein klappri-ges Fahrrad bieten können. Sollte es denn je dazu kommen.

Umständlich wie eh und je nimmt sie auf der Lenkerstange Platz.

»Wohin muss ich dich bringen?«

»Hegemannstraße. Weißt du, wo das ist?«

»Ja, grob. Hinter den Wallanlagen müssen wir uns rechts hal-ten und dann ewig geradeaus, oder?«

»Genau.«

Wir setzen uns in Bewegung, so schnell wie nötig, so langsam wie möglich. Diese letzten gemeinsamen Momente möchte ich voll auskosten. Julia lehnt sich an mich und ich würde am liebsten meine Arme um sie schlingen. Aber dann wäre ein Unfall vorprogrammiert. Deshalb begnüge ich mich damit, den Duft ihrer Haare zu inhalieren und ihre Nähe zu genießen. Wir schweigen während der Fahrt, bis ich nicht mehr genau weiterweiß.

»Müssen wir hier rechts?«

»Nein, die Nächste. Und dann wieder links.«

»Oder soll ich dich noch woandershin entführen?«

»Das klingt zwar verlockend, aber ich muss morgen früh aufstehen.« Ihre Stimme klingt gepresst.

»Ich weiß ja. Es ist nur …«

»Was?«

»Schon gut.« Julia soll nicht das Gefühl haben, ich würde sie zu etwas drängen wollen. Also fahre ich einfach weiter, bis wir die Straße erreichen, in der ihre Schwester wohnt.

»Da vorne ist es.« Julia deutet auf ein weißes Reihenendhaus und ich bringe das Rad schweren Herzens zum Stehen. Sie gleitet vom Lenker und streckt ihre Glieder. Dann wendet sie sich mir zu. Im Schein der Straßenlaterne erkenne ich die Unsicherheit in ihrem Blick.

Auch ich steige vom Rad, lege es auf dem Boden ab und mache einen Schritt auf sie zu. »Jetzt ist es wohl so weit. Schon wieder.« Ich lache leise, obwohl mir nicht danach zumute ist.

»Ja, sieht so aus.«

»Ich bin nicht gut darin, jemanden gehen zu lassen, der mir etwas bedeutet.«

»Geht mir genauso«, gibt sie zu.

»Bedeute ich dir denn etwas?« *Mist. Jetzt ist die Frage raus.*

»Das weißt du doch.«

»Nicht so richtig. Man muss dir immer alles aus der Nase ziehen«, flachse ich.

»Aber du hast doch sicher gemerkt, dass …« Mitten im Satz verstummt sie.

»Was?«, flüstere ich und trete näher an sie heran. Vorsichtig streiche ich ihr eine Haarsträhne aus dem Gesicht. Als unsere Blicke sich treffen, schnellt mein Puls hoch.

»Maxim, ich …«

In diesem Moment wird mir klar, dass ich alles auf eine Karte setzen muss. Meine Hand gleitet in ihren Nacken und ich ziehe sie ganz nah zu mir, um ihre Lippen mit meinen zu versiegeln. Sie wehrt sich nicht, aber ich merke ihr die Überraschung an. Doch ich will sie spüren, nur dieses eine Mal, bevor unsere Wege sich trennen. Und verdammt – es fühlt sich gut an.

Kapitel 16
Julia

*Du meine Güte, was tut er denn da? Er will doch nicht etwa …
Doch, er will.* Ich spüre seine warme raue Hand in meinem
Nacken. Sein Gesicht ist meinem so nah, dass ich die Wärme
spüre, die von ihm ausgeht. Es fehlen nur noch wenige Millime-
ter, bis …

Seine Lippen treffen sanft auf meine und es fühlt sich an, als
würde ich vom Boden abheben. Mein Herz pumpt rasend schnell
und ich weiß nicht mehr, wo vorne und hinten ist. Die Zartheit
dieser Berührung trifft mich mit einer ungeahnten Wucht. Als
seine Zunge sachte über meine Lippen streift, ziehe ich mich
überrascht von ihm zurück. Doch sofort überkommt mich das
Gefühl, mehr davon zu wollen.

Unsicher nähere ich mich ihm, bis unsere Lippen wieder zu-
einanderfinden. Ein weiteres Mal schrecke ich nicht zurück, sondern lasse es zu, dass seine Zunge meine vorsichtig umspielt.

Er sieht dies nicht als Aufforderung, energischer zu werden.
Stattdessen behält er diese Sanftheit bei. Ich will nicht, dass es
aufhört, will mich weiter davon berauschen lassen.

Trotzdem löse ich mich vorsichtig von ihm. Denn wenn ich
jetzt nicht den Absprung schaffe, dann nie. »Maxim, ich …«

»Sch.« Er legt seinen Finger an meine Lippen. »Schon gut.
Versprich mir einfach, dass wir uns wiedersehen. Ich warte auf
dich, ganz gleich, wie lang es dauert.«

»Versprochen.« Mehr bringe ich nicht heraus.

Noch einmal haucht er mir einen Kuss auf die Lippen. »Mach's gut, Julia. Ich werde dich vermissen.«

»Mach's gut«, bringe ich erstickt hervor.

Dann lässt er mich los, hebt das Rad auf und fährt davon. Als er sich noch einmal zu mir umdreht und winkt, kann ich ihn kaum noch erkennen, weil mir die verdammten Tränen die Sicht nehmen.

Abwesend sitze ich am Frühstückstisch und starre aus dem Fenster. Die Nacht war kurz und nahezu schlaflos. Unentwegt kreisten meine Gedanken um diesen Kuss. Dieses Flattern in meiner Magengegend will nicht aufhören. Gleichzeitig tobt ein nicht zu zähmender Sturm in mir. *Ich kann doch jetzt nicht wegfahren!* Jetzt, wo alles gerade erst angefangen hat …

»Wo bist du mit deinen Gedanken?«, fragt Mona nachdenklich. »Maxim?«

»Mmh«, brumme ich. Ich lasse mein Nutella-Brot unangetastet zurück auf den Teller sinken.

»Dachte ich mir. Du siehst aus, als wüsstest du nicht, ob du lachen oder weinen sollst.«

Ich lache freudlos auf. »Genauso sieht's aus. Gestern Abend, da …« Das Klingeln an der Haustür unterbricht mich.

»Ich geh kurz.« Mona springt auf und kommt gemeinsam mit Tessa wieder herein. Sie möchte uns zum Flughafen begleiten. Noch bevor Tessa mich richtig begrüßt hat, hakt meine Schwester wieder nach. »Also, was war nun gestern Abend?«

Auch Tessa reißt erwartungsvoll die Augen auf. »Genau. Lass hören.«

Hitze schießt in meine Wangen. »Wir … haben uns geküsst.«

»Oh, wie aufregend«, säuselt meine Freundin, während Mona mich überrascht anstarrt.

»Und jetzt habe ich erst recht das Gefühl, hierbleiben zu müssen.« Ratlos ziehe ich die Schultern nach oben.

»Dann musst du eine Entscheidung treffen, Julia. Vielleicht nicht heute, aber du solltest dir ganz bald darüber klar werden, ob du nach Bremen zurückkommst«, entgegnet Mona bestimmt. »Vielleicht holen wir Mum und Dad auch einfach nach Deutschland. Dann sind alle Probleme gelöst.«

»Als ob sie sich von zu Hause wegreißen lassen. Und selbst wenn – das will ich nicht. Nicht wegen mir«, protestiere ich.

»Rede auf jeden Fall mit ihnen darüber. Wenn du es nicht tust, werde ich das machen.«

»Lass gut sein, Mona.«

»Es ist aber nicht gut. Es geht um dein Glück.«

»Ich sehe das genauso«, meint Tessa schließlich. »Es muss einen Weg geben.«

»Wir müssen jetzt losfahren.« Genervt stehe ich vom Tisch auf, um diesem Gespräch zu entkommen, und packe die letzten Dinge in meinen Rucksack. Mein Koffer steht bereits im Flur parat.

Tessa folgt mir und mustert mich kritisch. »Julia, rede dir nicht ein, du könntest Maxim jetzt einfach aus deinen Gedanken verbannen. Es ist kaum zu übersehen, was du für ihn empfindest. Manchmal musst du einfach an dich denken.«

»Ich weiß nicht, was ich jetzt dazu sagen soll.«

»Musst du auch nicht. Versprich mir nur, dass du dir Gedanken darüber machen wirst. Maxim krempelt schließlich auch sein ganzes Leben für dich um. Kein leichter Schritt, wenn du mich fragst.«

»Glaubst du, ich weiß das alles nicht?« Ich ärgere mich über die Verzweiflung, die in diesen Worten mitschwingt.

Tessa zieht mich in ihre Arme und drückt mich fest an sich. »Manchmal muss man für sein Glück kämpfen, egal wie schwer es ist. Glaub mir, ich weiß, wovon ich spreche.«

»Wenn es jemand weiß, dann du«, murmle ich bestätigend. Mir ist bewusst, dass sie recht hat. Aber der Gedanke, meine Eltern wieder zu verlassen, zerreißt mich. Genauso wie es mich zerreißt, mich gleich in den Flieger setzen zu müssen.

Knapp zwei Stunden später sitze ich auf meinem Platz im Flugzeug und schaue mit schwerem Herzen zu, wie Bremen unter mir immer kleiner wird. Den Abschied haben wir kurz und schmerzlos gehalten. Jetzt wünsche ich mir jedoch, ich hätte ihn länger hinausgezögert. Und dass ich Maxim noch einmal hätte sehen können. Was die Sache allerdings nicht leichter gemacht hätte.

Zum Glück bin ich müde genug, um den Flug zu verschlafen und mir nicht mehr den Kopf zerbrechen zu müssen. Mein Bruder Davin holt mich, in Begleitung meines Dads, in Cork vom Flughafen ab und ich freue mich wahnsinnig, die beiden zu sehen. Innig schließe ich sie in meine Arme.

Trotzdem wird diese Freude von einem dunklen Schatten überzogen. Das Gefühl von Sehnsucht ist übermächtig und droht mich zu verschlucken. Doch ich lächle es einfach weg. So leicht lasse ich mich nicht unterkriegen.

Auf der halbstündigen Fahrt vom Flughafen in unseren Heimatort Wetherton lauschen Dad und Davin meinen Erzählungen von Bremen und Paris. Was sie nicht wissen, ist, dass ich ein nicht ganz unwichtiges Detail auslasse. Ob ich ihnen überhaupt von Maxim erzählen werde, weiß ich nicht. Ich muss erst einmal meine Gefühle ordnen, nur für mich allein.

Während ich rede und rede, rauschen offene weite Felder, kleine Ortschaften, Wälder, einzelne Häuser und Flüsse an mir vorbei. Ich liebe Irland – und wie ich das tue. Aber was – oder wen – liebe ich mehr? Welches Herz schlägt stärker in meiner Brust? Das muss ich unbedingt herausfinden.

Wochen und Monate ziehen vorüber, in denen ich mit immer größerer Entschlossenheit versuche, meine Gefühle für Maxim zu verdrängen. Ich kann und will diesen Schmerz nicht länger ertragen. Meine Eltern brauchen mich. Mein Platz ist bei ihnen, nicht in Bremen. Das sagt mir zumindest mein Verstand. Mein Herz behauptet etwas anderes, was die Sache mit dem Verdrängen sehr erschwert.

Inzwischen hat Maxim seinen Job bei Darius angetreten und es läuft offenbar ziemlich gut. Nach kleinen anfänglichen Startschwierigkeiten geht er nun voll und ganz in seiner Arbeit auf. Außerdem ist er endlich von seinem ungemütlichen Wohnwagen in ein kleines Ein-Zimmer-Appartement in der Neustadt gezogen. Seit ich weiß, dass es ihm gut geht, ist meine Sorge um ihn geschwunden und es fällt mir etwas leichter, mich emotional von ihm zu lösen.

Dass Maxim mittlerweile in Besitz eines Handys ist und ich nahezu täglich Mails und Anrufe von ihm erhalte, erschwert meine Situation jedoch ungemein. Immer häufiger lasse ich Nachrichten unbeantwortet oder das Telefon einfach klingeln. Aber Maxim ist nicht dumm. Es war klar, dass früher oder später Nachfragen kommen würden.

Hey Julia. Du hast mir seit ein paar Tagen nicht geantwortet. Ans Telefon gehst du auch nicht mehr. Sag mir bitte, was los ist. Du fehlst mir! Maxim

Ich weiß, ich bin ihm eine Antwort schuldig. Doch was soll ich ihm sagen? Dass es keinen Sinn macht, weil ich hier bin und er in Bremen? Dass ich Angst habe, mich in etwas zu verrennen? Dass es von Anfang an zum Scheitern verurteilt war?

Immer noch starre ich auf seine Nachricht, als mein Vater zu mir ins Zimmer kommt. »Na, was machst du denn für ein Gesicht? Hast du Probleme mit deinem Freund?«

Einen Moment bleibt mir die Kinnlade offen stehen. »Woher weißt du …«

»Erstens bin ich nicht blind. Man sieht dir an der Nasenspitze an, dass du Liebeskummer hast. Und zweitens hat Mona mir von ihm erzählt.«

Wut kocht in mir hoch. »Wie kann sie nur?«

Doch Dad bremst mich aus. »Es war richtig, dass sie mir das gesagt hat. Denn du hast offenbar nicht den Mut dazu. Aber warum? Du weißt doch, dass du mir immer alles erzählen kannst.«

»Das weiß ich. Aber es spielt eh keine Rolle. Ich kann euch nicht allein lassen.«

»Und warum nicht?«

»Weil …« Sogleich verstumme ich wieder.

»Genau. Es gibt nämlich keinen triftigen Grund.«

»Natürlich gibt es den. Ich will einfach für euch da sein.«

»Du hast dich in den letzten Jahren für uns aufgerieben. Und ich bin doch wieder fit wie ein Turnschuh.« Ein raues Lachen entweicht ihm. »Na ja, fast jedenfalls. Du solltest nach Bremen zurückkehren. Deine Geschwister sind schließlich auch noch hier.«

»Aber …«

»Kein aber. Unseren Segen hast du auf jeden Fall. Es gibt für alles eine Lösung, weißt du?« Dann drückt er mir einen Kuss auf die Stirn und verlässt mein Zimmer.

Jetzt ist das Gefühlschaos perfekt.

Trotz des Freifahrtscheins meiner Eltern hadere ich immer noch mit mir. Und je länger ich darüber nachdenke, desto bewusster wird mir, dass ich meine Eltern bloß als Grund vorgeschoben habe, nicht nach Bremen zurückzukönnen. Vielmehr macht mir die Angst zu schaffen, eine bittere Enttäuschung zu erleben. Denn wer verspricht mir, dass das mit Maxim und mir etwas wird? Wer garantiert mir, dass ich mit ihm glücklich werde? Dass unsere Beziehung kein Desaster wird? Dass er sich nicht zum Monster entpuppt?

Diese Gedanken beherrschen mich so sehr, dass ich nicht den Mut finde, eine Entscheidung zu treffen. Denn auf der anderen Seite sind da all die guten Dinge, die ich mit ihm verbinde. Mal ganz abgesehen davon, was ich für ihn fühle. Ich wage es nicht, von Liebe zu sprechen – das wäre zu früh. Und trotzdem gehört mein Herz längst ihm. Das weiß ich, wenn ich ganz tief in mich hineinhorche.

Und was fange ich jetzt damit an?

Da mein Bruder momentan Urlaub hat und ich einen freien Tag, beschließen wir zum Dunworley Beach zu fahren. Vielleicht hilft mir das, meinen Kopf freizukriegen. Und tatsächlich fühle ich mich sogleich ein wenig leichter, als ich meinen Blick über die offene Weite des Meeres gleiten lasse.

Es ist ein sonniger milder Julitag, wenn auch ein wenig windig. Dementsprechend aufgewühlt ist das Wasser. Aber zum Schwimmen ist es mir sowieso zu frisch. Davin hingegen lässt sich nicht davon abhalten, sich in die Fluten zu stürzen. Allerdings dauert es nicht lange, bis er sich wieder zu mir gesellt.

»Wohl doch zu kalt, was?«

»Ein bisschen«, erwidert er grinsend und lässt sich auf sein Handtuch fallen. Dicke Tropfen perlen aus seinem rotbraunen Haar, die er fahrig mit der Hand wegwischt. Dann fixiert er mich nachdenklich. »Hast du dir eigentlich überlegt, was du tun wirst?«

Genervt zucke ich mit den Schultern. Um ihn nicht ansehen zu müssen, lasse ich meinen Blick über die hoch aufragenden Klippen schweifen, die diesen wunderschönen Strandabschnitt einrahmen. Schroffe Felsen ragen tief ins Meer hinein und lassen das Wasser aufpeitschen. Das ist Irland, wie man es aus dem Bilderbuch kennt. Ein Stück Heimat – genauso wie Bremen es für mich ist. *Wenn ich nur wüsste, wohin ich wirklich gehöre.*

Ich fülle meine Hände mit Sand, um ihn im nächsten Moment durch meine Finger gleiten zu lassen. Auf gleiche Weise entrinnen meine Gedanken, bevor ich sie richtig zu fassen bekomme.

»Julia, irgendwann musst du eine Entscheidung treffen. Du kannst nicht erwarten, dass Maxim ewig auf dich wartet.«

»Ich weiß.«

»Warum fällt dir das so schwer?«

Eine Antwort bleibe ich ihm schuldig, denn in diesem Moment klingelt mein Handy. Es ist Tessa. Vermutlich wird sie in die gleiche Kerbe hauen wollen wie Davin. Trotzdem nehme ich das Gespräch entgegen. »Hey Tessa«, flöte ich betont fröhlich.

»Julia! Es ist etwas Schlimmes passiert. Maxim hatte heute Mittag einen schweren Arbeitsunfall. Er ist vom Gerüst gestürzt und liegt im Koma.«

»Was?« Mehr bringe ich nicht raus.

»Du solltest kommen. Vielleicht …« Sie verstummt.

Panik ergreift Besitz von mir. *Was ist, wenn er es nicht schafft?*

»Ich nehme den nächsten Flieger.« Dann beende ich das Gespräch.

Davin starrt mich mit weit aufgerissenen Augen an. »Was ist passiert?«

»Maxim. Er hatte einen Unfall. Ich muss zu ihm.« Warum muss ich auf diese harte Art und Weise zu einer Entscheidung gezwungen werden? *Weil du dich sonst nie entschieden hättest,* ruft eine tadelnde Stimme in meinem Kopf. Und ich weiß, dass es wahr ist.

Schweigend packen wir unseren Kram zusammen und machen uns auf den Weg nach Hause. Während der Fahrt suche ich bereits auf dem Handy nach dem nächstbesten Flug. Tatsächlich kann ich gleich für morgen Mittag einen für gerade mal einhundertsechsundzwanzig Euro ergattern.

Als wir zu Hause ankommen, schaut Mum verwundert drein. »Nanu, ihr seid schon wieder zurück? Das war aber ein kurzer Ausflug.«

»Ich muss nach Deutschland fliegen«, entgegne ich.

»Na, das wird aber auch Zeit«, ruft mein Vater aus dem Wohnzimmer.

»Maxim hatte einen Unfall«, presse ich hervor.

Mum fällt sämtliche Farbe aus dem Gesicht. »Ist es schlimm?« Dad erscheint hinter ihr im Türrahmen und mustert mich fragend.

Kurz erkläre ich das Wenige, das ich weiß, und gehe dann rauf in mein Zimmer, um zu packen. Ich hole meinen großen rosafarbenen Trolley vom Speicher und packe so viel hinein, wie nur geht. Schließlich habe ich keine Ahnung, wie lange ich in Bremen bleiben werde. Mein Kopf sagt, nur eine kleine Weile, doch mein Herz sagt für immer. Maxim wird sicher bald aufwachen. Er *muss* einfach. Und dann kann ich nicht einfach so wieder verschwinden. Schließlich ist er der Grund, warum ich zurückkehre. So packe ich zu meiner Kleidung auch all meine Träume in diesen Koffer. Träume, von denen ich bisher glaubte, sie könnten niemals wahr werden. Aber jetzt stehe ich möglicherweise kurz davor, sie in Erfüllung gehen zu lassen.

Nachdem ich gepackt habe, telefoniere ich mit meiner Chefin und teile ihr, sehr zu ihrem Leidwesen, mit, dass ich auf unbestimmte Zeit frei haben muss. Zähneknirschend stimmt sie zu. Hätte sie es nicht getan, hätte ich zur Not gekündigt. Danach rufe ich Tessa und Mona an, um ihnen zu sagen, dass ich morgen kommen werde. Unter anderen Umständen wäre die Vorfreude riesig, aber im Moment kann ich keine Freude empfinden. Die Sorge um Maxim ist übermächtig und frisst den leisesten Hauch von Positivität in mir auf.

Auch das gemeinsame Abendessen mit der ganzen Familie bringt mich kaum auf andere Gedanken. Nicht mal Mums Shepherd's Pie will das gelingen, wo ich normalerweise am liebsten darin baden würde. Heute stochere ich nur lustlos darin herum.

Ich verziehe mich daher zeitig ins Bett und bin froh, etwas Ruhe zu bekommen. Dadurch steigert sich meine innere Unruhe allerdings umso mehr. Bis tief in die Nacht bekomme ich kein Auge zu, starre immerzu auf die Uhr. Doch irgendwann siegt die Müdigkeit schließlich und ich komme immerhin auf knapp fünf Stunden Schlaf.

Es fällt mir schwer, mich am nächsten Morgen von meinen Eltern zu verabschieden – vor allem, weil ich nicht weiß, wann ich sie wiedersehen werde. Ich drücke sie lange und fest an mich, erst Mum, dann Dad.

»Es ist die richtige Entscheidung, Liebes. Lass das Glück einfach auf dich zukommen. Es wartet schon so lange auf dich«, raunt Dad mir ins Ohr. Aus seinem Mund hören sich diese Worte so wahr an, dass ich gewillt bin, ihm zu glauben. *Jetzt ist meine Zeit.* Wenn es nur Maxim bald wieder gut geht. Dieser Gedanke verursacht ein schmerzhaftes Stechen in meiner Brust. *Alles wird gut,* rede ich mir ein. Es muss einfach.

»Und du versprichst mir, dich gut um Mum und Dad zu kümmern, wenn ich weg bin?«, frage ich Davin, als wir auf der Fahrt zum Flughafen sind.

»Klar mache ich das. Nur zur Putzfrau werde ich nicht mutieren. Das kann Loreen schön übernehmen.«

Ich stoße laut Luft aus.

»Wir kriegen das hin, Julia. Kümmere du dich jetzt um dich selbst. Du kannst nicht immer nur an andere denken.«

Dankbar lächle ich ihn an. »Gar nicht so einfach.«

»Ja, ja, ich weiß. Aber du wirst schon damit klarkommen«, neckt er mich.

Gerade, als wir uns vor dem Terminal voneinander verabschieden wollen, piept mein Handy. Tausend Steine fallen mir vom Herzen, als ich Tessas Nachricht lese.

Maxim ist aufgewacht. Es geht ihm einigermaßen gut, abgesehen von seinem brummenden Schädel.

Das ist die beste Nachricht des Tages. Wir sehen uns dann später. Verrate ihm bitte nicht, dass ich komme.

Nachdem ich meine Antwort eingetippt habe, strahle ich Davin erleichtert an. »Er ist aufgewacht. Ich kann dir gar nicht sagen, wie erleichtert ich bin.«

Mein Bruder nimmt mich in den Arm. »Na, siehst du. Jetzt musst du nur noch über deinen eigenen Schatten springen. Aber das schaffst du wohl.« Er knufft mich in die Seite und grinst frech.

»Mal sehen«, knurre ich. Dann verabschieden wir uns voneinander und ich schnappe mir meinen Koffer. Meinen Koffer voller Träume.

Kapitel 17
Maxim

Wie konnte ich so dumm sein und alles aufs Spiel setzen? Ich könnte mich selbst ohrfeigen. Was, wenn ich deshalb meinen Job verliere? Dabei gehe ich voll in meiner Arbeit auf, fühle mich endlich wieder nützlich.

Vor wenigen Wochen hätte ich das nicht einmal für möglich gehalten. Ich habe eine Wohnung und Freunde, die hinter mir stehen. Mir geht es doch gut – und trotzdem kann ich meine alten Verhaltensweisen nicht ablegen. Weil mir immer noch etwas fehlt. Oder jemand. Und das ist Julia.

Warum kapselt sie sich immer weiter von mir ab? Ist es die Entfernung? Erscheint ihr diese unüberbrückbar? Oder kommt sie ihr vielleicht sogar ganz gelegen? Wenn ich bloß die Antwort darauf wüsste. Aber die will sie mir anscheinend nicht geben, blockt mich stattdessen ständig ab. Und das macht mich fertig.

Mein Schädel pocht, als ich nach meinem Wasserglas greife. Geschieht mir recht. Vielleicht wäre es besser gewesen, gar nicht mehr aufzuwachen. Aber anscheinend hat jemand noch andere Pläne mit mir. Auch wenn ich keine Ahnung habe, welche das sein sollten.

Weil es mir zu müßig ist, mir meinen ohnehin brummenden Kopf darüber zu zerbrechen, schließe ich die Augen und gleite hinüber in eine andere Welt. Eine Welt, von der ich mir wünschen würde, meine Wirklichkeit zu sein.

Irgendwann vermischt sich dieser Traum mit der verschwommenen Realität. Ich spüre eine warme Hand auf meiner und eine vertraute, viel zu lang vermisste Stimme dringt an mein Ohr. Weil ich befürchte, alles würde sich in Rauch auflösen, sobald ich die Augen öffne, halte ich sie lieber geschlossen. Nur um dieses Gefühl nicht wieder zu verlieren, das sich gerade in mir breitmacht. Doch die Stimme wird lauter, klarer – genau wie meine Wahrnehmung. Plötzlich wird mir bewusst, dass ich nicht mehr träume. Als ich die Augen öffne, nimmt mich Julias Blick gefangen.

»Du bist wirklich hier«, flüstere ich.

Ihr strahlendes Lächeln wird von einer zerknirschten Miene abgelöst. »Hat ja auch lang genug gedauert«, murmelt sie. »Und dafür musste erst so etwas passieren.« Schuldbewusstsein schwingt in ihrer Stimme mit.

»Ich würde hundert Mal vom Gerüst springen, wenn es dich zu mir zurückbringt.«

»Rede nicht so einen Quatsch.«

»Meine ich aber ernst. Dieser dämliche Unfall hat mir immerhin das eingebracht, was ich mir am meisten erhofft habe. Vorhin habe ich mich noch über meine Dummheit geärgert, aber jetzt sehe ich die Sache plötzlich mit ganz anderen Augen.« Gequält setze ich mich auf, packe Julia sanft am Arm und ziehe sie zu mir aufs Bett und in meine Arme.

Sofort lässt sie sich auf die plötzliche Nähe zwischen uns ein. Diese Distanz, die ich zuvor immer spürte, ist nicht mehr vorhanden. Auch als sie sich von mir löst, zieht sie sich nicht ganz zurück. Ich lasse mich in mein Kissen sinken und ihre Hand verharrt auf meinem Bauch.

»Was ist denn überhaupt passiert?«, fragt sie mit sturmumwölkter Miene.

»Wollte einfach mal wissen, wie sich fliegen anfühlt. Spaß beiseite. Ganz genau weiß ich es ehrlich gesagt nicht mehr. Mir wurde plötzlich schwarz vor Augen und dann bin ich abgeschmiert.« Gelassen zucke ich mit den Schultern. Ich will nicht, dass sie sich sorgt. »Nicht dramatisch. Nur ein kleines Schädel-Hirn-Trauma.«

»Du lagst im Koma. Tu nicht so, als wäre das eine Kleinigkeit.«

Ihr tadelnder Blick ruft wieder das schlechte Gewissen in mir hervor. »Du hast recht«, entgegne ich gepresst.

»Keine weiteren Verletzungen?«

Ich strecke ihr meinen linken Arm entgegen. »Ein paar Prellungen. Und mein Rücken tut höllisch weh. Aber sonst nichts.«

»Du hast wahnsinniges Glück gehabt, weißt du das?«

»Das größte Glück ist, dass du jetzt endlich hier bist.«

Sie nickt und ihr Blick trübt sich. »Es tut mir leid, dass ich …«

»Stopp. Lass uns nicht jetzt darüber reden. Ich will einfach den Moment genießen.« Ich rücke ein wenig zur Seite und bedeute ihr, sich neben mich zu legen.

Sie zögert ein paar Sekunden, dann macht sie es sich an meiner Seite bequem. Und wenn ich mir die Kopfschmerzen wegdenke, könnte dieser Moment perfekter nicht sein.

Stillschweigend liegen wir nebeneinander, ich inhaliere ihre Nähe, will sie einfach nur spüren. Die ganze Zeit über versuche ich wach zu bleiben, doch es fällt mir zunehmend schwerer.

Auch Julia an meiner Seite kämpft gegen die Müdigkeit an. »Wenn ich noch länger hier liegen bleibe, bin ich gleich weg.« Sie setzt sich auf und sofort fehlt sie mir an meiner Seite. »Macht es dir etwas aus, wenn ich mich für heute verabschiede? War ein langer Tag. Und du siehst auch so aus, als könntest du jede Menge Schlaf vertragen.«

»Mmh«, brumme ich widerwillig.

»Außerdem müsste die Besuchszeit ohnehin längst vorbei sein. Es ist kurz nach neun.«

»Echt jetzt?« Mein Zeitgefühl ist völlig verschoben.

»Ich komme gleich morgen früh wieder zu dir, okay?« Sie beugt sich zu mir herunter und haucht mir einen sanften Kuss auf die Wange.

Sofort beschleunigt sich mein Puls. *Ich will mehr davon!* Doch ich weiß, dass jetzt nicht der richtige Zeitpunkt ist. Aber der kommt schon noch. Immerhin ist sie hier. Meinetwegen. »Okay. Bis morgen, Julia.«

»Bis morgen.«

Die Morgensonne strahlt grell durch das Fenster und bereitet mir Kopfschmerzen. Ich wische mir den Schweiß von der Stirn und versuche, mich zusammenzureißen. Kurz nachdem ich mir mit Mühe und Not ein Brot runtergewürgt habe, vernehme ich ein zaghaftes Klopfen an der Tür. Julia tritt ins Zimmer und lächelt schüchtern. Ihr rotes Haar hat sie heute zu einem Zopf gebunden und sie trägt einen langen geblümten Rock und ein senfgelbes Shirt dazu. Sie sieht hinreißend aus und lässt mein Herz augenblicklich höherschlagen.

Ihre Miene allerdings wird schlagartig todernst, als sie mich mustert. »Maxim, was ist los mit dir?«

»Nichts Schlimmes. Mir ist nur ein bisschen übel.« *Ob sie mir das abkauft?* Schweiß rinnt mir unaufhörlich von der Stirn und meine Hände zittern wie bei einem alten Tattergreis.

»Soll ich jemanden rufen?«

»Nein, bloß nicht!« Meine Reaktion fällt zu heftig aus.

Irritiert guckt sie mich an.

»Julia, ich …« Mir ist bewusst, dass ich mich ihr erklären muss. Aber ich weiß einfach nicht wie.

Sie setzt sich zu mir auf die Bettkante und umfasst meine Hand. »Was auch immer es ist, du kannst es mir sagen.«

Ich stoße laut Luft aus. Augen zu und durch, oder um den heißen Brei reden? Ich entscheide mich für Ersteres. So schwer es mir fällt. Aber es bringt nichts. Denn irgendwann würde sie dahinterkommen. »Der Unfall … das war allein meine Schuld. Ich … habe zu viel getrunken …«

»Du hast *was*?« Mit schreckgeweiteten Augen starrt sie mich an.

»Es ist … Verflucht! Ich … ich habe ein Alkoholproblem, Julia.« Den Mut, ihr in die Augen zu schauen, bringe ich nicht auf.

»Wie lange schon?«, fragt sie tonlos.

»Keine Ahnung. Ein paar Jahre. So genau weiß ich es ehrlich gesagt nicht. Aber das war auch der Grund, weshalb Clarissa mich verlassen hat. Ich könnte also verstehen, wenn du …«

»Sch!« Sie legt einen Finger an meine Lippen. »Warum hast du nie etwas gesagt?« Die Wärme ist in ihre Stimme zurückgekehrt.

»Weil ich mich dafür schäme? Und weil ich mir sicher war, du würdest nichts mit mir zu tun haben wollen, wenn du davon wüsstest.«

»Womit du wahrscheinlich sogar recht hättest. Aber jetzt … Ach, Mann! So eine Scheiße! Warum hast du diesen Mist überhaupt angefangen?«

»Es ist halt irgendwie passiert. Nachdem ich wieder einmal einen Job verloren hatte. Bin da einfach reingerutscht. Keine Ahnung. Vielleicht, um meinen Frust zu ertränken. Oder vielleicht, weil ich mich einfach wie ein Versager gefühlt habe.« Es klingt mehr wie eine Frage. Die wahre Antwort kenne nämlich nicht einmal ich selbst.

»Aber das ist doch keine Lösung.« Julia wirkt hilflos.

»Für mich schon.« Immer noch fehlt mir der Mut, sie anzusehen. Ich starre auf meine zu Fäusten geballten Hände.

»Aber so kann es nicht weitergehen.«

»Als ich dich kennenlernte, dachte ich genau das. Ich wollte meinen Konsum reduzieren. Für dich. Und eine Zeit lang ist mir das auch einigermaßen gut gelungen. Auch wenn ich nie ganz aufhören konnte. Ich glaubte, zumindest auf einem guten Weg zu sein. Und dann …« Ich schlucke hart. Ihr das jetzt vorzuwerfen, wäre nicht fair.

»Dann was?«

»Schon gut.«

»Nichts ist gut. Sag es einfach.«

Verzweifelt raufe ich mir die Haare. »Dann hast du dich völlig von mir zurückgezogen ... und ich habe die Kontrolle verloren.«

»Du willst also behaupten, ich sei schuld an all dem?«

»Um Himmels willen, nein! Bitte zieh dir diesen Schuh jetzt nicht an. Das habe ich ganz allein verbockt.«

»Ich weiß nicht.«

»Und trotzdem würde ich gerne wissen, warum du mich plötzlich abgeblockt hast. Wo wir gerade mit offenen Karten spielen.«

Julia wendet sich von mir ab. »Ich weiß es selbst nicht so genau. Wahrscheinlich hatte ich einfach Angst.«

»Aber wovor denn?«

»Enttäuscht zu werden?«

»Womit du wohl nicht ganz falschlagst.«

»Das spielt jetzt keine Rolle. In den letzten Wochen musste ich mir von allen Seiten ständig anhören, dass es für alles eine Lösung gibt. Aber ich wusste einfach nicht weiter, habe mich vor einer Entscheidung gedrückt, bis ich von deinem Unfall erfuhr. Da war mir sofort klar, was ich will. Ich musste einfach nach Bremen zurückzukehren und es drauf ankommen zu lassen. Nun bin ich hier und wir werden auch für dein Problem eine Lösung finden.«

Ihre wilde Entschlossenheit berührt mich. Die ganze Zeit habe ich befürchtet, die Wahrheit würde sie erneut von mir wegstoßen, aber nun ist genau das Gegenteil eingetreten. »Wow. Ich weiß gerade gar nicht, was ich sagen soll. Ich dachte ... Ach, egal. Mir ist gerade eine riesige Last von den Schultern gefallen. Habe nicht erwartet, dass es so erleichternd sein kann, die Sache auszusprechen.«

»Jetzt müssen wir es nur noch angehen. Wir werden nach einer Entzugsklinik für dich suchen und dann ...«

»Halt! Warte. Keine Klinik! Ich will einen kalten Entzug machen. Zu Hause. Ich weiß, dass ich das schaffen kann. Aber es geht nur mit dir, Julia.«

»Dein Ernst?« Fassungslos starrt sie mich an.

»Ja«, erwidere ich entschlossen.

»Das ist viel zu riskant. Das kannst du schön vergessen.«

»Bitte Julia. Ich weiß, ich verlange viel von dir. Aber ich kann und werde das schaffen.«

»Was macht dich da so sicher?«

»Ich weiß es einfach. Und damit das klappt, muss ich jetzt schnell duschen gehen. Ich muss fit wirken, bevor die Visite kommt. Wenn ich Glück habe, werden sie mich heute entlassen. Aber nicht, wenn ich so aussehe wie jetzt.«

»Das heißt, die Ärzte wissen gar nichts davon? Haben sie keine Blutuntersuchung gemacht?«

»Doch, haben sie. Ich hatte 1,4 Promille. Haben mir nahegelegt, das Problem anzugehen. Und das werde ich jetzt. Zusammen mit dir.« Ich schäle mich aus dem Bett und taumle unsicher Richtung Bad. Angst steht in Julias Blick. Deshalb setze ich ein zuversichtliches Lächeln auf. »Wir schaffen das. Versprochen.«

Ich wurde tatsächlich entlassen. David hat Julia und mich aus dem Krankenhaus abgeholt. Während ich in meinem kleinen Apartment auf dem Bett liege, dreht Julia alles auf links, um jeden Tropfen Alkohol, den ich gebunkert habe, zu eliminieren. Weil ich ihr nicht dabei zusehen kann und will, kneife ich die Augen zusammen und drehe ihr den Rücken zu. Zu groß ist die Scham – noch größer jedoch das Verlangen, ihr eine der Flaschen, die sie nach und nach in der Spüle ausleert, aus den Händen zu reißen und mir einen Schluck, oder am besten gleich eine ganze Flasche, zu gönnen. Mit aller Kraft beiße ich mir in den Arm. Der Schmerz lenkt mich immerhin für einen Moment ab. Mein schmerzerfülltes Aufstöhnen zieht jedoch Julias Aufmerksamkeit auf mich.

Besorgt stürzt sie zu mir herüber. »Verdammt, was tust du denn da?«

In diesem Moment wird mir bewusst, dass es vielleicht doch keine gute Idee war, die Sache auf eigene Faust durchziehen zu wollen. Wie soll ich das aushalten?

Kapitel 18
Julia

Es ist die Hölle auf Erden, Maxim dabei zuzusehen, wie er leidet. In den ersten drei Tagen haben Zittern und Schwitzen mehr und mehr zugenommen. Immer wieder musste er sich übergeben. Die Nächte verbringt er schlaflos und ich ebenso. Viel schlimmer als das sind jedoch seine Panikattacken und die Wahnvorstellungen, unter denen er seit gestern leidet. Ständig glaubt er, Stimmen zu hören, von denen er sich bedroht fühlt.

Sein Zustand bereitet mir zunehmend Angst und ich habe keine Ahnung, was ich tun soll. Ratlos beobachte ich ihn, wie er in seinem Bett liegt. Sein Schlaf ist unruhig, aber besser als nichts. Auch ich sehne mich nach Schlaf, traue mich jedoch nicht, die Augen zu schließen. Zu Recht.

Denn im nächsten Augenblick höre ich ihn schreien. »Lasst mich endlich in Frieden! Verschwindet!« Desorientiert huscht sein Blick umher und er schlägt um sich.

Sofort bin ich bei ihm. »Sch, beruhige dich. Es ist niemand hier.« Ich lege meine Arme fest um seinen schweißnassen Oberkörper und streiche ihm beruhigend über den Rücken. Wie so oft in den letzten Tagen.

Das Gefühl, nichts für ihn tun zu können, zieht mich wie eine Welle unter Wasser. Mir bleibt keine Luft mehr zum Atmen. Das muss ein Ende haben.

Als ich spüre, wie er sich ein wenig entspannt, nehme ich meinen Mut zusammen. »Maxim, hör zu. Ich kann das nicht mehr. Wir müssen einen Arzt rufen. Wir schaffen das nicht alleine.«

»Natürlich schaffen wir das«, murmelt er wenig überzeugend.

»Das sehe ich anders. Mir war von Anfang an nicht wohl dabei. Der körperliche Entzug ist die eine Sache. Aber die Halluzinationen … Maxim, du brauchst Hilfe. Verstehst du das nicht?«

»Das geht auch vorbei«, erwidert er matt. »Genau wie alles andere. Mir ist nicht mehr übel. Der Rest wird auch noch.«

»Hast du denn gar keine Angst, dass es in die Hose geht?«

»Ich habe vor allen Dingen Angst, meinen Job zu verlieren, wenn das rauskommt. Ich muss das jetzt so schaffen.«

»So ein Quatsch. Erstens schätze ich Darius nicht so ein, als würde er deshalb ein Fass aufmachen, und zweitens wird Alkoholabhängigkeit als Krankheit angesehen. Du kannst deswegen nicht einfach gekündigt werden.«

»Bist du sicher?«

»Bin ich. Ich habe in den letzten Tagen das komplette Internet zum Thema durchforstet. Was denkst du denn? Dass ich die ganze Zeit nur Däumchen drehe und dir dabei zusehe, wie du dich zugrunde richtest? Überall ist zu lesen, wie gefährlich ein kalter Entzug ist, wenn man ihn ohne Aufsicht durchführt.«

»Aber du bist doch hier.«

»Ich bin aber kein Arzt, verdammt! Und ein Psychologe auch nicht. Dabei würdest du beide gerade mehr als gut gebrauchen können. Komm zur Vernunft. Lass mich einen Arzt holen.«

»Julia, bitte. Gib mir noch zwei Tage. Bis dahin müsste ich das Schlimmste überstanden haben.«

»Die körperlichen Entzugserscheinungen vielleicht. Aber die psy…«

Er legt mir einen Finger an die Lippen und bremst mich damit aus. »Zwei Tage. Dann kannst du einen Arzt rufen«, beschwört er mich.

Alles in mir sträubt sich dagegen, wieder weich zu werden. Ich will schreien und fluchen und ihm sagen, wie töricht sein Verhalten ist. Stattdessen kommt mir bloß »Okay, zwei Tage« über die Lippen. Und ich möchte mich in diesem Moment am liebsten selbst ohrfeigen.

Als hätte Maxim seinem Körper befohlen, endlich Ruhe zu geben, sind seine Symptome tatsächlich zum Großteil abgeklungen. Die letzten beiden Tage waren alles andere als ein Zuckerschlecken und ich hatte mehrfach den Hörer in der Hand, um Hilfe zu holen. Aber ich konnte nicht über meinen Schatten springen, hatte ich ihm doch ein verdammtes Versprechen gegeben.

Heute sieht er deutlich besser aus. Gerade kommt er aus der Dusche und wirkt fast wieder wie ein Mensch, abgesehen davon, dass er kreidebleich ist.

»Wie fühlst du dich?«

»Geht so. Noch wackelig auf den Beinen. Und ein Pelz im Mund. Aber ging mir schon schlechter.« Er versucht sich an einem Grinsen. Ich sehe ihm die Erleichterung an, als er sich aufs Sofa sinken lässt. Jede kleinste Anstrengung kostet ihn unglaublich viel Kraft.

»Du schläfst nachts immer noch nicht besonders gut, oder? Was ist mit den …« So richtig traue ich mich nicht, ihn danach zu fragen.

»Mit den Stimmen?«

Ich nicke bloß. Offenbar kennt er meine Gedanken zu gut.

»Sind leiser geworden. Keine Sorge, das überwinde ich noch. Irgendwie.«

»Würdest du mir etwas versprechen?«

»Eigentlich möchte ich sagen: Alles, was du willst. Aber ich habe gerade ein wenig Angst, dass es etwas sein könnte, das ich nicht erfüllen kann.«

»Ich möchte dich bitten, zu den Anonymen Alkoholikern zu gehen. Oder dir psychologische Hilfe zu suchen.«

»Okay. Damit kann ich leben.«

Erleichtert nicke ich. »Und du solltest mit Darius reden.«

Sein kompletter Körper spannt sich an. »Muss das sein?«

»Ich denke schon.«

Er wendet den Blick ab und bleibt mir eine Antwort schuldig. Ich lasse ihn in Ruhe darüber nachdenken und verziehe mich in die Küche, um ihm einen Kaffee und eine Kleinigkeit zu essen zu machen.

Dankbar nimmt er den dampfenden Kaffeebecher entgegen. Essen fällt ihm immer noch schwer. Immerhin beißt er viermal in sein Toastbrot. Das ist mehr als gestern.

Das Klingeln an der Haustür lässt uns beide gleichermaßen aufschrecken. Ratlos sehe ich Maxim an. »Erwartest du jemanden?«

»Nicht, dass ich wüsste.«

»Ich mach dann mal auf.« Nachdem ich den Summer gedrückt habe, höre ich jemanden schnellen Schrittes die Treppen hinaufhechten. Wenig später steht Maxims Chef vor mir. »Darius!«, rufe ich überrascht.

»Hallo Julia, wie geht es Ihnen? Ich wollte nach unserem Patienten gucken.«

Mit einem mulmigen Gefühl im Magen winke ich Darius durch. Als ich hinter ihm in die Wohnung trete, erkenne ich ein Wirrwarr der Emotionen in Maxims Gesicht. Dennoch setzt er ein Lächeln auf und reicht Darius die zittrige Hand. »Herr Vallender, das ist aber eine Überraschung.«

»Ich war gerade in der Nähe, da dachte ich, ich schaue einfach vorbei. Keine Sorge, das ist kein Kontrollbesuch. Ich möchte einfach wissen, ob Sie sich von Ihrem Sturz erholt haben. Wie fühlen Sie sich?«

»Setzen Sie sich doch erst einmal.« Maxim macht eine einladende Geste. »Geht mir viel besser«, murmelt er.

»Sie sehen alles andere als gut aus«, stellt Darius fest.

Das wäre die Gelegenheit für eine Beichte. Wild gestikulierend bedeute ich Maxim, mit der Wahrheit rauszurücken. Doch der schüttelt vehement mit dem Kopf.

»Möchten Sie mir irgendetwas sagen?« Darius schaut fragend zwischen uns hin und her.

Ich hebe abwehrend die Hände.

»Nein«, erwidert Maxim bestimmt, was ich mit einem Kopfschütteln kommentiere.

Enttäuschung macht sich in mir breit. Wenn er es ihm jetzt nicht sagt, dann vermutlich nie. Missmutig wende ich mich ab. »Ich mache noch mal frischen Kaffee.«

Hinter mir höre ich Maxim laut aufstöhnen. Und ich stelle mir gerade vor, wie er dasitzt und sich die Haare rauft. »Vielleicht … muss ich Ihnen doch etwas sagen«, entgegnet Maxim leise. Mein Herz setzt einen Schlag aus. Er springt über seinen Schatten.

Leise schließe ich die Küchentür hinter mir, um die Männer in Ruhe dieses Gespräch führen zu lassen. Und plötzlich werde ich von Stolz erfüllt.

Maxim ist auf dem richtigen Weg. Tagelang ist er durch die Hölle gegangen, in dem Entschluss, seiner Sucht den Kampf anzusagen. Die Tatsache, dass er sich offen dazu bekennt, unterstreicht seine Entschlossenheit umso mehr. Nun bin ich mir sicherer als je zuvor, dass dieser Abschnitt seines Lebens bald gänzlich der Vergangenheit angehört.

Knapp zwei Wochen sind ins Land gezogen, seit wir diesen Höllentrip hinter uns haben. Mit jedem Tag geht es Maxim ein Stück besser, er wirkt inzwischen ziemlich stabil. Wie er es versprochen hat, war er sogar schon bei zwei Treffen der Anonymen Alkoholiker. Und ich entspanne mich mehr und mehr und beginne, mich in seiner Nähe wieder richtig wohlzufühlen. Was mich zu einer finalen Entscheidung zwingt.

Ich drehe meinen Kopf nach rechts, um ihn beobachten zu können. Es ist ein warmer Sommertag und wir liegen im Bürgerpark auf einer Decke. Maxim hat die Augen geschlossen und streckt sein Gesicht der Sonne entgegen. Ein sanftes Lächeln liegt ihm auf den Lippen. Wie entspannt er daliegt – als hätten die letzten Wochen niemals stattgefunden. Dieser Anblick lässt mein Herz höherschlagen und ich war mir nie sicherer, dass er genau das ist, was ich will.

»Beobachtest du mich etwa?«, murmelt Maxim grinsend.

Mist. Erwischt. »Darf ich das nicht?«

»Du darfst alles.«

Ich lächle und wende den Blick wieder von ihm ab. Doch ich spüre seine Augen auf mir ruhen.

»Was geht dir durch den Kopf, Julia?«

»Alles Mögliche.«

»Zum Beispiel?«

»Wie es in Zukunft weitergehen soll.«

»Na, du bleibst hier, wir lernen uns noch besser kennen und dann heiraten wir und bekommen ein paar Kinder.« Er grinst mich herausfordernd an.

»Wow. Ein Schritt nach dem anderen.« Ich setze mich auf und starre ins Nirgendwo. »Aber den ersten Schritt werde ich wagen. Den zweiten auch.«

»Heißt das, du bleibst?« Auch Maxim bringt sich ruckartig in eine sitzende Position.

»Sieht ganz danach aus.« Automatisch ziehen sich meine Mundwinkel nach oben.

»Julia, das ist … ich kann dir gar nicht sagen, wie glücklich mich das macht.« Maxim greift nach meiner Hand und haucht einen Kuss darauf. Dann zieht er mich in seine Arme und wir lassen uns laut lachend auf die Decke zurückfallen.

»Das ist der beste Tag meines Lebens«, brummt er zufrieden. Dann sieht er mich an mit diesem Funkeln im Blick und ich weiß genau, was jetzt kommt.

Unsere Lippen finden zueinander, zaghaft, vorsichtig. Und wieder fühlt es sich an, als würde ich fliegen.

Wie konnte ich nur so lange zweifeln?

Maxim geht heute zum ersten Mal wieder zur Arbeit. Er ist freudig nervös und kann es kaum erwarten, auf den Bau zu können. Dass Darius sein Problem so gelassen hingenommen hat, trägt sicherlich seinen Teil dazu bei. »Arbeit ist die beste Ablenkung – neben dir natürlich«, meint er.

Und auch ich will es endlich angehen und wieder Fuß fassen in Bremen. Mein erster Weg führt mich natürlich in den Buchladen zu Johann, auch wenn die Aussicht, meinen alten Job wiederzubekommen, verschwindend gering ist. Trotzdem möchte ich es nicht unversucht lassen. Als ich den Laden betrete, bin ich so nervös, als wäre ich nie zuvor hier gewesen.

Johann entdeckt mich bereits, bevor ich die Tür hinter mir geschlossen habe. »Julia, wie schön! Ich wusste gar nicht, dass du wieder in Bremen bist. Dieses Mal hast du es nicht lange in Irland ausgehalten.«

Ich umarme ihn herzlich. »Ich freue mich, Johann. Tatsächlich bin ich gekommen, um zu bleiben.«

»Das sind tolle Neuigkeiten. Wie kommt es?«

»Die Liebe hat mich wieder hierher verschlagen.«

»Ach, das gibt's nicht. Dass ich das noch erleben darf!«

Ich lache laut auf. »Da bist du nicht der Erste, der das sagt.« Einen Moment halte ich inne, um mich zu sammeln. »Du, Johann, warum ich eigentlich hier bin … Ich kann nicht zufällig meinen alten Job wiederhaben?«

»Ach Kind, ich würde ihn dir liebend gern wiedergeben. Aber ich habe Janine und noch eine Aushilfe. Im Moment kann ich dir beim besten Willen nicht helfen.«

Obwohl ich mit dieser Antwort gerechnet habe, fühlt sich mein Herz plötzlich bleischwer an. »Verstehe.«

»Aber du weißt ja, wie sprunghaft diese jungen Dinger heutzutage sind. Es kann sich schnell etwas ändern. Sollte das der Fall sein, gebe ich dir sofort Bescheid.«

»Danke, Johann«, erwidere ich matt.

»Deine alte Wohnung ist aber vor zwei Wochen wieder freigeworden. Falls du wieder einziehen willst. Allerdings …«

Abwehrend hebe ich die Hände. »Ohne Job kann ich mir die Miete eh nicht leisten. Auch wenn es toll wäre, wieder dort zu wohnen.«

»Na ja, vielleicht machen wir einen Deal.«

»Der da lautet?«

»Die Wohnung ist leider … in keinem guten Zustand. Die Frau, die dort zuletzt lebte, war ein Messie. Und dementsprechend sieht es da oben jetzt leider aus.«

»Oje. Ich bin mir gar nicht sicher, ob ich das so genau wissen will. Was ist mit der Frau passiert?«

»Sie ist jetzt in einem Pflegeheim untergebracht. Und ich stehe nun mit der ganzen Arbeit da. Den Müll haben wir von einer Firma entsorgen lassen. Teurer Spaß, sag ich dir.«

»Bist du für so was denn nicht versichert?«

Freudlos schüttelt Johann den Kopf. »Leider nicht. Solche Versicherungen sind nicht gerade günstig, weißt du? Bei der Mieterin war natürlich auch nichts zu holen. Also bleibe ich jetzt auf den Kosten sitzen. Es muss alles renoviert werden. In dem Zustand kann ich die Wohnung nämlich nicht vermieten.«

»Was muss alles erledigt werden?«

»Es müssen neue Böden rein, neue Tapeten und eine Grundreinigung muss selbstverständlich auch gemacht werden. Wenn du dich vor der Arbeit nicht scheust, überlasse ich dir die Wohnung für drei Monate mietfrei. Denn wenn ich jemanden dafür beauftragen muss, bin ich vermutlich mehr Geld los. Und du hast bis dahin sicher einen Job gefunden.«

»Am liebsten würde ich auf der Stelle Ja sagen. Aber was ist, wenn ich dann immer noch ohne Arbeit dastehe?«

»Dann finden wir sicher eine Lösung, Julia. Du kennst mich doch.« Er hält mir auffordernd die Hand hin. Ohne zu zögern, schlage ich ein.

Nachdem Johann mir den Wohnungsschlüssel in die Hand gedrückt hat, gehe ich sofort rauf, um mir das ganze Ausmaß anzusehen. Ein bisschen mulmig ist mir schon. Wer weiß, worauf ich mich da eingelassen habe?

Als ich die Tür aufstoße, schlägt mir ein leicht fauliger Geruch entgegen. Ich laufe ins Wohnzimmer und reiße die Fenster auf.

Dann fällt mein Blick auf den einst hellen Teppichboden, der übersät ist mit undefinierbaren dunklen Flecken. Die Tapeten sind zum Teil abgerissen und beschmiert. Nicht anders sieht es im Schlafzimmer aus. Es versetzt mir einen Stich, was diese Frau mit meiner Wohnung angerichtet hat.

Über das Bad will ich erst gar nicht sprechen. Auf diese Toilette möchte ich mich jedenfalls nie wieder setzen. Da könnte ich noch so viel putzen, es würde nichts besser machen. Und auch der Blick in die Küche ist ernüchternd. Die Schränke sind teilweise kaputt oder aufgequollen, ganz abgesehen vom Schmutz. Im Prinzip muss alles rausgerissen werden.

Eines steht fest: Das alles kann ich niemals allein schaffen. Entmutigt ziehe ich mein Handy aus der Tasche und wähle Tessas Nummer.

Sofort nimmt sie ab. »Hi Liebes. Wie geht es dir? Mit Maxim alles gut?«

»Hey Tessa. Ja, ja, alles gut. Er ist froh, dass er endlich wieder auf die Baustelle kann. Will dich nicht lange von der Arbeit abhalten. Ich wollte dir kurz erzählen, dass ich bei Johann war, um ihn nach einem Job zu fragen.«

»Hat nicht geklappt, hm?« Sie kennt mich einfach zu gut.

»Nee, leider nicht. War aber zu erwarten. Doch ich könnte meine alte Wohnung wieder haben. Allerdings gibt es da ein Problem.«

»Du kannst die Miete nicht zahlen.«

»Johann würde sie mir drei Monate mietfrei geben, wenn ich renoviere.«

»Wow, hört sich doch super an.«

»Na ja. Hier hat zuletzt ein Messie gewohnt«, entgegne ich trocken.

»Oh. Shit.«

»Tessa, du kannst dir nicht vorstellen, wie es hier aussieht! Ich bin mir nicht sicher, ob ich das schaffe.«

»Mach dir keine Sorgen, wir helfen dir, wo wir können. Das wäre doch gelacht.«

»Mir ist gerade überhaupt nicht zum Lachen zumute.«

»Kann ich verstehen. Hör zu, wir gucken uns die Wohnung heute Nachmittag gemeinsam an und dann überlegen wir, wie wir die Sache angehen. Okay?«

»Okay. Du bist die Beste, Tessa.«

»Ach, was! Du, ich muss jetzt dringend ins Büro. Ich melde mich später bei dir.«

»Ich dachte, du wärst längst auf der Arbeit.«

»Nee, musste zum Arzt.«

»Alles in Ordnung mit dir?«

»Ja klar, nur eine Routine-Untersuchung. Bis später, Liebes.«

»Bis dann.« Ratlos stecke ich das Handy wieder weg und schaue mich um. *Ob ich mich hier je wieder zu Hause fühlen kann?* Einen Versuch ist es jedenfalls wert.

Kapitel 19
Maxim

Mein erster Arbeitstag liegt hinter mir und ich habe mich lange nicht mehr so gut gefühlt. Es hilft ungemein, etwas zu haben, worauf man sich fokussieren kann. Und jetzt liegt mein Fokus auf Julia. Vorhin kam eine Nachricht von ihr.

Bin mit Tessa in meiner alten Wohnung
in der Sögestraße über der Buchhandlung.
Könnten deine Unterstützung gebrauchen.

Anstatt zu antworten, radle ich sofort hin. Wenn sie in ihrer alten Wohnung ist, kann das eigentlich nur bedeuten, dass sie dort wieder einziehen will. Die Aussicht darauf, dass sie wirklich bleiben will, macht mich glücklicher als alles andere.

Denn ich bin der Grund, weshalb sie bleibt. Das hat sie mir durch den Kuss gestern bewiesen. Wenn ich daran denke, spüre ich wieder dieses Kribbeln in der Magengegend. Am liebsten hätte ich nie wieder aufgehört, sie zu küssen. Aber ich lasse es besser weiterhin ruhig angehen. Zu groß ist meine Angst, sie zu überfordern, wenn sie glaubt, ich würde zu viel auf einmal wollen. In den letzten Wochen habe ich ihr ohnehin schon viel zu viel abverlangt. Jetzt muss ich alles daransetzen, dass sie sich in meiner Nähe wieder richtig wohlfühlt. Ich will ihr die Sicherheit geben, die sie braucht und die sie verdient.

Als ich wenig später die Treppen zu ihrer Wohnung hinauflaufe, rast mein Herz vor Aufregung. Wie jedes Mal, wenn ich sie wiedersehe.

Lächelnd öffnet sie mir die Tür und sinkt in meine Arme. »Maxim! Wie war dein erster Tag? Wie fühlst du dich?«

»Fantastisch.« Okay, das ist übertrieben. Aber um jeden Preis will ich ihr den Eindruck vermitteln, dass ich über den Berg bin. Dass immer wieder der Wunsch in mir aufkeimt, etwas zu trinken, würde sie unnötig beunruhigen.

Mein Wille war nie größer, meine Sucht zu besiegen. Und jetzt, wo ich so weit gekommen bin, weiß ich, dass ich den Rest auch schaffe. Das Verlangen wird immer schwächer. Dank ihr. Denn sie ist mein Grund zum Kämpfen.

»Willst du mir nicht erzählen, was es mit der Wohnung auf sich hat? Und warum du so komisch riechst?« Ich rümpfe die Nase und mustere sie neugierig.

»Ach, das … Komm erst einmal rein. Dann wirst du es vermutlich schon sehen.«

Gespannt folge ich ihr durch den Flur in einen Raum, der vermutlich das Wohnzimmer war. »Was ist denn hier passiert?«, frage ich entgeistert. Erst dann entdecke ich Tessa. »Hi Tessa. Schön dich zu sehen.« Wir begrüßen uns mit einer kurzen Umarmung. Bevor sie mich mit Fragen über meinen Zustand löchern kann, wende ich mich wieder an Julia. »Du willst doch nicht etwa in dieses Loch einziehen, oder?«

Sie zieht die Schultern nach oben. »Dieses Loch war mal mein Zuhause. Und das soll es eigentlich auch wieder werden.«

»Ernsthaft?«

»Johann würde mir die Wohnung drei Monate mietfrei überlassen, wenn ich mich um die Renovierungsarbeiten kümmere.«

»Das hätte er wohl gern. Das kann der schön allein regeln«, schnaube ich.

»Ich weiß, du bist nicht sonderlich gut auf ihn zu sprechen. Aber er kann auch nichts dafür, dass hier ein Messie gehaust hat. Und es würde nicht nur ihm, sondern auch mir helfen. Ich muss schließlich erst einmal einen neuen Job finden. Und ich will Mona und Frank nicht ewig auf der Pelle hängen. Außerdem hängt mein Herz an dieser Wohnung.«

Ihr flehentlicher Blick macht mich weich. »Du meinst das wirklich ernst?« Ich kann mir ein Seufzen nicht verkneifen. »Okay, gut. Dann kriegen wir das irgendwie hin.«

»Es nicht hinzukriegen, ist eh keine Option.« Julia grinst siegessicher. »Wir könnten dich gut in der Küche gebrauchen. Die muss als Erstes abgebaut werden. Wenn dir das heute nicht zu viel ist?«

Ehrlich gesagt bin ich sogar froh, mich körperlich betätigen zu können, auch wenn der Tag mich ein wenig geschlaucht hat. Was ich aber nie zugeben würde. Ich habe sie gebraucht, jetzt braucht sie nun mal mich. Also klatsche ich in die Hände. »Ist ja nicht viel. Dann lege ich los.«

Ein strahlendes Lächeln erhellt Julias Gesicht. »Tessa und ich rollen in der Zeit die Teppiche ein. Johann hat für morgen einen Container bestellt. Dann kann der ganze Mist gleich raus.«

Ihr Elan steckt mich an und ich mache mich sogleich an die Arbeit. Solange ich in Gesellschaft bin, geht es mir gut. Doch mir graut vor dem Abschied, vor der Nacht allein in meiner Wohnung. Es ist ein Martyrium, immer wieder aufs Neue.

Seit der Entzug mehr oder weniger überstanden ist, schläft Julia wieder bei ihrer Schwester. Ich kann es verstehen. Sie kam aus Irland hierher und wurde direkt von mir in diesen Schlund gezogen. Kein Wunder, dass sie erst einmal ein wenig Abstand braucht. Diese Zeit war für sie kräftezehrend. Und beängstigend.

Aber ich habe auch Angst. Angst, nicht stark genug zu sein. Angst, wieder rückfällig zu werden. Angst, sie zu enttäuschen. Nur darf ich ihr diese Angst nicht zeigen. Um keinen Preis der Welt darf ich sie von mir forttreiben, jetzt, wo sie endlich wieder hier ist.

Die alte Küche habe ich in Windeseile abgebaut. Oder eher zertrümmert. Das war verdammt befreiend. Erleichtert betrachte ich mein Werk. Vielleicht sollte ich mir irgendetwas suchen, woran ich mich abreagieren kann, wenn mich wieder das Gefühl überkommt, allein zu Hause durchzudrehen. Einen Boxsack oder dergleichen.

»Wow, du bist schon fertig!« Julias Hand auf meinem verschwitzten Rücken löst ein wohliges Gefühl in mir aus.

»Fertig, oh ja. Im wahrsten Sinne des Wortes. Brauche jetzt erst eine Dusche. Und dann ein Bett.«

»Verständlich. Nach so einem langen Tag.« Sie stellt sich auf die Zehenspitzen und haucht mir einen zarten Kuss auf die Wange. »Ich danke dir, Maxim. So kann ich morgen schon mit dem Putzen loslegen.«

Sehnsüchtig vergrabe ich mein Gesicht in ihrem Haar, ganz gleich, ob es heute nicht so gut duftet, wie ich es gewohnt bin. Es ist mir vollkommen egal. Hauptsache, ich kann ihr nahe sein.

»Hach. Ihr zwei seid so süß zusammen.« Tessa seufzt. Julia und ich drehen uns im gleichen Moment zu ihr um und sie grinst verlegen. »Sorry. Weitermachen!« Hastig wendet sie sich ab und ich ziehe Julia unvermittelt in meine Arme.

»Ich glaube, ich fahr dann nach Hause. Bin echt im Eimer.«

Julia schaut mich schuldbewusst an. »Na klar, mach das. Danke, dass du mit angepackt hast, obwohl dein Tag ohnehin schon anstrengend genug gewesen sein muss. Ehrlich gesagt habe ich ein schlechtes Gewissen, weil ich dich darum gebeten habe. Aber ohne dich wären wir nie so weit gekommen.«

»Mach dir keinen Kopf. Ich mach das gern, weißt du? Sehen wir uns morgen? Soll ich nach Feierabend gleich wieder hierherkommen? Zu tun gibt es schließlich noch genug.«

»Nur wenn es dir nicht zu viel ist.«

Wohl wissend, dass sie es anders meint, antworte ich: »Wie könntest du mir je zu viel sein? Musste schließlich lang genug auf dich warten.«

Julia verpasst mir einen spielerischen Hieb in die Seite. Man kann sie herrlich leicht aufziehen.

Wir verabschieden uns voneinander und wieder spüre ich dieses Ziehen in der Magengegend – die Angst vorm Alleinsein. Aber es ist nicht so intensiv wie an den Tagen zuvor. Die viele körperliche Arbeit hat mich völlig ausgepowert, in positivem Sinne.

Zum ersten Mal seit Langem sehne ich mich danach, ins Bett zu gehen, wo es mir sonst davor graut. Und tatsächlich stellt sich der Schlaf ein, sobald ich das weiche Kissen unter meinem Kopf spüre.

Am nächsten Morgen fühle ich mich erstaunlich ausgeruht und mein erster Gedanke gilt nicht einem Schluck Alkohol, sondern Julia. Und zum ersten Mal bin ich wirklich selbst davon überzeugt, die Sucht gänzlich besiegen zu können.

Ich muss es für sie tun, denn sie verdient jemanden, der mit beiden Beinen fest im Leben steht. Was mir bisher nicht sonderlich gut gelungen ist. Weil ich lange Zeit keine Perspektive hatte – bis jetzt. Vielleicht ist es falsch, mein Leben an diesen einen Menschen zu klammern. Aber vielleicht ist es auch das Beste, was ich tun kann.

Mit ungewohntem Elan mache ich mich auf den Weg zur Arbeit. Das Wissen, den Rückhalt meines Chefs zu haben, verleiht mir Aufwind. Und dann sind da auch noch Tessa und David, die diesen ganzen Mist bedingungslos mit mir durchgezogen haben. Einfach so. Die Überzeugung, mein Leben in den Griff bekommen zu können, festigt sich immer mehr.

Und so überstehe ich einen weiteren Tag ohne einen einzigen Tropfen.

Als ich am späten Nachmittag in Julias Wohnung aufschlage, befindet sich die zertrümmerte Küche bereits im Container. Das Bad und die Küche sind zumindest grob gereinigt und Julia und Tessa reißen im Wohnzimmer die Tapeten ab.

»Wow, Mädels! Ihr wart fleißig. Habt ihr etwa die ganzen Küchenteile allein runtergeschleppt?«

»Julia war das«, meint Tessa. »Als ich ankam, war schon alles raus.«

»Bist du verrückt?« Ich ziehe Julia zu mir und das Bedürfnis, sie zu küssen, wird übermächtig.

Ihr Augenaufschlag macht es nicht gerade besser. »Kann es halt nicht leiden, das Messer im Schwein stecken zu lassen. Schließlich muss es vorangehen.«

»Ich mag Frauen, die anpacken können.« *Autsch! Hoffentlich versteht sie das jetzt nicht falsch.* »Was kann ich tun?«, schiebe ich deshalb hastig hinterher.

»Es ist noch genug Tapete an den Wänden. Macht zwar nicht so viel Spaß, wie eine Küche zu zertrümmern, aber muss wohl oder übel gemacht werden.«

»Mich stört das nicht.« Die Aussicht auf einen Kuss ist verschwindend gering, weshalb ich Julia aus meiner Umarmung entlasse und mich an die Arbeit mache.

Nach einer Weile schielt Tessa auf ihre Uhr. »Ihr beiden, macht es euch etwas aus, wenn ich euch allein lasse? David kommt jeden Moment von seiner Geschäftsreise zurück. Dann wäre ich gern zu Hause.«

»Na klar, verschwinde ruhig«, entgegnet Julia und umarmt ihre Freundin.

Ich tue es ihr gleich und freue mich insgeheim, dass sie geht. Nichts gegen Tessa, ich mag sie sehr. Aber ich bin auch gern mit Julia allein. Irgendwie ist sie dann nämlich viel entspannter und lässt mehr Nähe zu. Als wäre ihr das vor ihrer Freundin unangenehm.

Als Julia Tessa an der Tür verabschiedet hat, kommt sie zurück ins Wohnzimmer und schaut sich prüfend um. »Die Hälfte ist geschafft.«

Grinsend fixiere ich sie mit meinem Blick. »Und jetzt? Tapetenschlacht?« Ich bewaffne mich mit einer großen Ladung Tapetenresten und peile Julia an.

»Untersteh dich!«, ruft sie. Doch ihre Worte gehen im Tapetenregen unter. »Na warte«, knurrt sie und rüstet sich für den Gegenschlag.

Rasend schnell verteilt sich das Wurfmaterial im ganzen Raum, wo es zuvor auf einem Haufen in der Ecke verweilte. Julia kichert ausgelassen und denkt offenbar nicht daran, dieses Spiel zu beenden. Bis ich sie mir schnappe und eng an mich ziehe.

Vorsichtig entferne ich ein paar Fetzen aus ihrem Haar, ohne sie dabei aus den Augen zu lassen. Mein Puls rast, wie jedes Mal, wenn wir uns nah sind.

Sachte gleitet meine Hand in ihren Nacken. Als sie ihre Augen schließt, weiß ich, dass sie bereit ist. Sobald ich ihre Lippen mit meinen versiegle, fühle ich mich wie im Rausch. Schon jetzt weiß ich, dass ich davon nie genug bekommen werde. Julia ist wie eine Sucht – nur, dass sie mir nicht schadet. Im Gegenteil.

Kapitel 20
Julia

Am frühen Mittwochnachmittag steht Tessa vor der Tür, um mich wieder beim Abreißen der restlichen Tapeten zu unterstützen. Mit dem Wohnzimmer sind Maxim und ich gestern wider Erwarten noch fertig geworden, trotz unserer wilden Tapetenschlacht. Und dem Kuss. Deshalb geht es heute dem Schlafzimmer an den Kragen.

»Was guckst du denn so verträumt?«, fragt Tessa neugierig.

»Nichts. Wieso?«

»Tu nicht so scheinheilig. Du kannst es eh nicht vor mir verbergen.«

»Ach, was soll's. Maxim und ich, wir haben uns gestern wieder geküsst. Langsam komme ich in Übung.« Ein albernes Kichern entweicht mir. *Oh Mann, echt jetzt?* Dass ich mich jemals so aufführen würde …

Tessa grinst. »Dagegen gibt es nichts einzuwenden.«

»Nein, eigentlich nicht.«

»Mensch, Julia! Du schämst dich doch nicht etwa vor mir?«

Genervt raufe ich mir die Haare. »Ich weiß auch nicht. Das ist alles irgendwie … ungewohnt.«

»Und trotzdem das Normalste der Welt. Du bist verliebt, und das kannst du auch ruhig zeigen. Auch wenn ich dabei bin.«

»Du hast ja recht«, brumme ich.

»Oder bist du dir unsicher, was Maxim angeht?«

»Nein. Im Gegenteil.«

»Na, siehst du. Es gibt keinen Grund, ihn auf Abstand zu halten. Hab Vertrauen in ihn. Lass dich einfach fallen. Es lohnt sich. Hätte ich das bei David nicht getan ...« Plötzlich legt sich ein Schleier auf Tessas Augen und eine Träne bahnt sich ihren Weg ins Freie.

»Alles in Ordnung?«

Sie nickt überschwänglich. »Aber so was von. Ich muss dir etwas sagen. David und ich werden Eltern. Ich bin schwanger.« Jetzt fließen die Tränen sturzbachartig aus ihr heraus – Tränen der Freude.

Überglücklich schließe ich sie in meine Arme. Sie hat es sich sehnlichst gewünscht. »Du glaubst gar nicht, wie sehr ich mich für euch freue.«

»Ich habe nicht mehr dran geglaubt, dass es noch klappen würde, nachdem ...«

Nachdem du Noah verloren hast, beende ich ihren Satz in Gedanken. Dieser Schicksalsschlag hat sie hart getroffen und berührt sie auch nach all den Jahren immer noch mit der gleichen emotionalen Wucht. »Ich weiß«, flüstere ich.

»Es ist wie ein kleines Wunder.«

»Und ich werde hier sein und nichts von diesem Wunder verpassen. Du musst mir jetzt alles genau erzählen. Seit wann weißt du es? Wie weit bist du?« Ich platze fast vor Aufregung und will jede Einzelheit erfahren.

Und der Gedanke, dass sich alles irgendwann fügt, erfüllt mich mit einer tiefen inneren Ruhe. Vielleicht ist dieser Zeitpunkt nun tatsächlich auch für mich da. Also werde ich mich fallen lassen. Einfach so. Keine Zweifel mehr.

Eine gute Woche später hat Johann bereits dafür gesorgt, dass das Waschbecken und die Toilette erneuert wurden. Außerdem sind Wohn- und Schlafzimmer inzwischen tapeziert und gerade sind Maxim und David dabei, den neuen Laminatboden in den beiden Räumen zu verlegen. Es geht in großen Schritten voran, nicht zuletzt, weil so viele fleißige Hände mit am Werk sind.

Wann immer Mona und Frank sowie Tessa und David Zeit finden, sind sie in der Wohnung zugange.

Und natürlich Maxim, der jeden Nachmittag gleich nach Feierabend vor der Tür steht. Jeden Tag aufs Neue bin ich erstaunt, woher er die Energie dafür nimmt, nach allem, was er hinter sich hat.

»Du bist meine Energiequelle«, meint er dann immer.

Umgekehrt gilt das übrigens genauso. Wenn ich mit ihm zusammen bin, wird mir bewusst, für wen ich das alles tue. Für ihn. Und für unsere Liebe.

Verträumt beobachte ich ihn bei der Arbeit, studiere jede noch so kleine Bewegung. Das allein reicht, um mein Herz schneller schlagen zu lassen. Ich kann nicht so recht glauben, dass wir jetzt zusammengehören – ein Paar sind.

Hätte mir das letztes Jahr jemand erzählt, hätte ich ihn für verrückt erklärt. Ich an der Seite eines Mannes, das passte für mich einfach nie zusammen. Diese flüchtige Begegnung im Buchladen hat alles verändert. Wirklich alles.

Als Davids Handy klingelt und er den Raum verlässt, gleitet Maxims Blick zu mir herüber und sein Lächeln nimmt mich gefangen. Ich setze mich neben ihn auf den halb fertigen Boden und lehne meinen Kopf an seine Schulter. Sofort spüre ich seinen Arm um meine Taille und ich schmiege mich noch enger an ihn.

In den letzten Tagen habe ich mich dazu gezwungen, über meinen Schatten zu springen und mehr Nähe zwischen uns zuzulassen. Ich wundere mich darüber, wie schnell ich mich daran gewöhnt habe. Nein, es ist anders – genauer gesagt, bekomme ich einfach nicht genug von ihm. Als hätte sich die Blockade in meinem Kopf endlich gelöst. Das Herz hat gesiegt und die Überhand gewonnen.

Immer wieder schleicht sich sogar der Gedanke ein, wie es wohl wäre, irgendwann gemeinsam mit ihm hier zu wohnen. Dann stelle ich mir vor, wie es sich anfühlen mag, neben ihm einzuschlafen oder aufzuwachen. Oder ihm seinen Kram hinterherzuräumen, gemeinsam mit ihm zu kochen, zu essen, herumzugammeln. Ich fange an, über das nachzudenken, was die Zukunft für uns bereithält. Und es erfüllt mich nicht mehr mit Angst, sondern mit großer Vorfreude.

»Alles gut?«, raunt Maxim in mein Ohr.

Selig nicke ich.

Dann kehrt David zurück und die Magie des Moments verfliegt. »Julia, das war gerade Chris. Er sagte, sie würden nächste Woche ihr neues Sofa bekommen. Du könntest das alte übernehmen, wenn du magst.«

»Echt? Das wäre super. Wie sieht es denn aus?«

»Das ist einer der Haken an der Sache: Es ist petrolfarben. Die beiden haben es erst seit drei Jahren und können es nicht mehr sehen.«

Ich lache laut auf. »Gut für mich. Ich hab nichts gegen die Farbe. Und der zweite Haken?«

»Der Kater hat die Rückseite als Kratzbaum benutzt. Sieht nicht mehr so chic aus.«

»Das macht nichts. Es kommt doch eh an die Wand.«

»Dachte ich mir auch. Wenn du es also willst, bringen wir es dir am Wochenende.«

»Total gerne.«

»Dann machen wir jetzt wohl den Boden fertig, hm?« David und Maxim nicken sich zu und gehen wieder ans Werk.

Ich lasse die beiden in Ruhe weiterarbeiten und mache mich wieder in der Küche zu schaffen. Hier müssen noch zwei Wände gestrichen werden und anschließend wird gründlich geputzt. Eine neue Küchenzeile hat Johann bereits bestellt. Es nimmt langsam Form an. Auch wenn ich vermutlich eine Weile sehr spartanisch leben werde. Solang ich keinen Job habe, werde ich mir keine neue Einrichtung leisten können.

Immerhin hat Mona noch mein altes Bett im Keller stehen. Sie wusste, wie sehr ich daran hänge, und hat es nicht übers Herz gebracht, es zu verkaufen. Sobald der Boden im Schlafzimmer verlegt ist, werden wir es hierherschaffen.

Maxim und David arbeiten bis spät am Abend. Sie hören erst auf, als sie mit dem Wohnzimmer fertig sind.

»Soll ich euch nach Hause bringen?« David schaut fragend zwischen Maxim und mir hin und her.

»Ich bin mit dem Rad hier«, meint Maxim. Dann grinst er mich an. »Ich kann dich auch nach Hause bringen. Auf meinem Drahtesel.«

»Das ist doch viel zu weit für dich. Es ist spät und du musst morgen wieder früh raus.«

»Macht mir aber gar nichts aus. Na, komm schon.«

Er sieht mich mit einem Blick an, bei dem ich nicht anders kann, als Ja zu sagen. »Okay.«

»Na, dann ich lass ich euch zwei jetzt allein«, sagt David und haut Maxim freundschaftlich auf die Schulter. Von mir verabschiedet er sich mit einer Umarmung.

»Danke für deine Hilfe.«

»Kein Problem. Morgen geht es dann dem Schlafzimmer an den Kragen. Bis dann.« David verschwindet und ich bleibe allein mit Maxim in der leeren Wohnung zurück.

Als ich mich ihm zuwende, gleiten meine Hände wie von selbst an seine Hüften und ich vergrabe mein Gesicht an seiner Brust. Ich kann seinen Herzschlag hören, der im gleichen Takt schlägt wie meiner. Sein warmer Atem in meinem Haar verursacht bei mir eine Gänsehaut. Nie zuvor hätte ich gedacht, mich so wohl in den Armen eines Mannes fühlen zu können.

Ich könnte ewig mit ihm so stehen bleiben, die Vernunft aber drängt mich zum Aufbruch. »Wir sollten dann los. Schließlich haben wir eine kleine Weltreise vor uns.«

»So weit ist es nun auch wieder nicht.«

»Aber du musst morgen fit sein.«

»Du hast ja recht.« Widerwillig löst er sich von mir und wir machen uns auf den Weg nach unten.

Vor dem Haus steht sein Fahrrad und ich frage mich, warum ich mich darauf eingelassen habe, mich wieder auf seinem Lenker von ihm durch die Gegend kutschieren zu lassen. »Ach, wie habe ich das vermisst«, maule ich, als ich aufsteige. »Es ist so bequem.«

»Und so romantisch«, wispert Maxim mir ins Ohr.

»Mit Romantik hatte ich es noch nie, wie du sicher weißt.«

»Dann wird es endlich Zeit, dich daran zu gewöhnen.«

»Nö, muss nicht.«

»Hach, du bist ein hoffnungsloser Fall«, stöhnt er und radelt los.

Als wir vor dem Haus meiner Schwester halten, ist es bereits kurz vor dreiundzwanzig Uhr. Es gefällt mir nicht, Maxim jetzt noch nach Hause fahren zu lassen. Bis zu seiner Wohnung braucht er bestimmt zwanzig Minuten. Und er sieht extrem müde aus.

»Sag mal, möchtest du nicht vielleicht einfach hier schlafen? Du siehst echt fertig aus.«

»Na, herzlichen Dank auch«, witzelt er.

»Ich meine das ernst. Du kannst in meinem Bett schlafen und fährst dann morgen früh nach Hause.«

»In deinem Bett schlafen klingt verlockend.«

Oh nein, er denkt doch nicht etwa ... »Natürlich allein! Das ist wohl klar, oder?«

Er zieht eine Schnute, lacht dann aber. »Weiß ich doch. Wir lassen es ruhig angehen. Aber die Aussicht darauf ist ziemlich reizvoll.«

Ich übergehe diese Anmerkung und bedeute ihm, das Fahrrad hinterm Haus abzustellen. »Jetzt aber schnell rein. Bevor du noch hier draußen einschläfst.«

»Weiß auch nicht, warum ich auf einmal so k. o. bin.«

»Mich wundert es nicht. Die letzten Wochen waren hart für dich. Dann die körperliche Arbeit den ganzen Tag. Und ich halse dir auch noch die Renovierung auf.«

»Du hast mir gar nichts aufgehalst. Ich arbeite gern. Vor allem, um dir zu helfen. Du hast schon so viel für mich getan, jetzt kann ich dir endlich etwas zurückgeben.«

»Und wenn schon. Es bringt nichts, wenn du irgendwann zusammenklappst. Und jetzt ab ins Bett mit dir.« Schwungvoll öffne ich die Tür zum Gästezimmer und sammle mir schnell ein paar Sachen zusammen. »Das Bad ist übrigens gleich nebenan. Ich hau mich dann aufs Sofa.«

»Warte! Nicht ohne einen Kuss …«

Maxim hält mich am Arm zurück und schon finden unsere Lippen zueinander, zaghaft und sanft. In diesem Moment möchte ich am liebsten vergessen, wie spät es ist, und einfach ewig weitermachen. Aber der Kopf siegt letztendlich. »Gute Nacht«, hauche ich und schwebe wie auf einer Wolke ins Wohnzimmer. Im nächsten Moment schüttle ich den Kopf, weil ich mich aufführe wie ein verknallter Teenager.

Als ich es mir auf der Couch gemütlich mache, schleicht Mona schlaftrunken herein. »Was veranstaltest du denn hier?«

»Ist spät geworden heute und Maxim bestand drauf, mich trotzdem nach Hause zu fahren. Habe ihm mein Bett angeboten. Er war fix und fertig.«

»Kein Wunder. Ihr sollt es nicht übertreiben. Ob die Wohnung nun zwei Tage früher oder später fertig wird, macht den Kohl auch nicht fett.«

»Stimmt. Dafür ist das Wohnzimmer aber fertig geworden. Und ich bekomme ein Sofa von Christoph. Brauche ich also doch nicht wochenlang auf Jaffa-Möbeln hausen.«

»Super. Dann hast du das Wichtigste fast zusammen. Frank und ich werden dir auch ein wenig unter die Arme greifen. Wir kriegen das schon hin.«

»Das muss doch nicht sein.«

»Keine Widerrede. So, hole mir jetzt schnell eine Flasche Wasser und verkrümle mich wieder ins Bett. Schlaf gut.«

»Du auch.«

Weder die einkehrende Stille noch die Dunkelheit bringen mich zur Ruhe. Ich bin hundemüde und jeder einzelne Knochen schmerzt nach der tagelangen ungewohnten Arbeit in der Wohnung – dennoch hat das Gedankenkarussell volle Fahrt aufgenommen und hält mich mit seinen wilden Umdrehungen hellwach.

Maxim liegt nebenan in meinem Zimmer, in meinem Bett. Und es macht mich wahnsinnig. Mit ihm unter einem Dach zu schlafen, ist ungewohnt, aufregend, aufwühlend. Es fühlt sich völlig falsch an, dass ich hier liege und er dort. Dass wir nicht zusammen sind.

Natürlich verbringen wir nicht zum ersten Mal eine Nacht unter einem Dach. Aber das ist kein Vergleich zu den Tagen in seiner Wohnung, als er gegen die Folgen des Entzugs gekämpft hat. Da war er nicht er selbst. Aber jetzt ist er das.

Ob er auch wach liegt und das Gleiche denkt wie ich? Ob er auch diese dämliche Sehnsucht empfindet, obwohl uns lediglich eine Wand voneinander trennt?

Mit aller Macht versuche ich, gegen diese Gefühle anzukämpfen und in den Schlaf zu finden, wälze mich von links nach rechts, summe leise vor mich hin, vergrabe meinen Kopf unterm Kissen. Nichts hilft.

Genervt schlage ich die Wolldecke zurück und setze mich auf. Ich muss zu ihm, sonst drehe ich durch.

An der Tür zu seinem Zimmer, *meinem Zimmer* eher gesagt, überkommen mich jedoch Zweifel. Ich kann doch jetzt nicht einfach hineinspazieren und mich neben ihn legen. *Das geht gar nicht!*

Meine Hand zuckt von der Türklinke weg, als hätte ich mich daran verbrannt. Stürmisch eile ich wieder zurück ins Wohnzimmer, nur um im nächsten Moment auf dem Absatz kehrt zu machen und erneut an die Tür zu starren. *Was mache ich hier eigentlich?*

Während ich mich das frage, drücke ich leise die Klinke herunter und versuche, mich in der Dunkelheit zu orientieren. Glücklicherweise hat Maxim den Vorhang nur halbherzig zugezogen, sodass schwaches Mondlicht durch den Spalt in das Zimmer fällt. Behutsam lehne ich die Tür an und schleiche auf Zehenspitzen zum Bett herüber, um dann ratlos auf den friedlich schlafenden Maxim zu starren.

Ich hocke mich auf den Boden und lausche seinen gleichmäßigen Atemzügen, die eigentümlich beruhigend auf mich wirken. Der Sturm in meinem Inneren legt sich, doch das Gefühl, ihm nah sein zu wollen, bleibt.

Das ist also Liebe, schießt es mir durch den Kopf. Immer noch kann ich nicht glauben, dass mir das passiert ist. Jemanden auf diese Art und Weise in mein Herz zu lassen, war für mich mein Leben lang unvorstellbar. Denn alles, was ich wollte, war, stark zu sein und mich unter keinen Umständen verwundbar zu machen.

Aber nun bin ich dieses Risiko eingegangen. Weil Maxim mich berührt hat wie kein anderer je zuvor. Seine Verletzlichkeit gepaart mit einer unbändigen Stärke und dem Gefühl, das er mir gibt, gaben mir den Ansporn, mich auf dieses Wagnis einzulassen.

Vielleicht musste es genauso sein. Vielleicht musste ich erst jemandem wie ihm begegnen, um zu kapieren, dass man auch etwas riskieren muss. Und er ist es mehr als wert.

Zaghaft lege ich meine Hand an seine warme Wange, in der Hoffnung, ihn nicht zu wecken. So verharre ich eine kleine Ewigkeit nah bei ihm und hänge meinen Gedanken nach.

Als meine Augen endlich schwer werden, tapse ich lautlos aus dem Zimmer und verkrieche mich auf dem Sofa. Endlich zieht mich der lang ersehnte Schlaf in einen rosaroten Traum.

Am frühen Morgen trottet Maxim schlaftrunken ins Wohnzimmer. Ich habe bereits den Frühstückstisch gedeckt und empfange ihn mit einem frisch aufgebrühten Kaffee.

»Danke. Daran könnte ich mich gewöhnen«, sagt er mit einem Lächeln auf den Lippen.

Ich auch, denke ich im Stillen. Und wieder habe ich dieses Zukunftsbild vor Augen, das ich mir erträume. Ich werde alles daran setzen, damit sich diese Vorstellung erfüllt.

»Verflucht, ist das Teil schwer«, stöhnt David.

»Ich würde es eher unhandlich nennen.« Auch Chris pfeift aus dem letzten Loch. Die beiden sind gerade dabei, das Ungetüm von Sofa durch das schmale Treppenhaus zu bugsieren.

Ich schaue von oben zu und leide mit ihnen.

Maxim und ich sind gerade mit dem Streichen des Wohnzimmers fertig geworden. Der taucht nun hinter mir auf und beobachtet das Schauspiel ebenfalls. »Soll ich mit anpacken?«

»Ich glaube … wir schaffen das … irgendwie.« David klingt wenig überzeugt und pfeift aus dem letzten Loch.

»Na, wenn ihr meint. Dann feuern wir euch eben an.« Maxim schlingt seine Arme von hinten um mich und vergräbt sein Gesicht in meinen Haaren. »Ich habe eh gerade etwas Besseres zu tun«, raunt er mir ins Ohr.

Seine Nähe löst tausend kleine Explosionen in meinem Körper aus. Es fühlt sich unbeschreiblich gut an, doch zugleich erschreckt es mich immer wieder aufs Neue. Innerlich schüttle ich den Kopf über mich selbst, über das immerwährende Gefühlschaos, das in mir tobt. Liebe ist nichts, wovor man Angst haben müsste. Vielmehr sollte man sie in vollen Zügen genießen. Ich muss es mir nur oft genug in Erinnerung rufen.

Als David und Chris endlich oben am Treppenabsatz ankommen, löst Maxim sich von mir. »Einen von euch kann ich ablösen.«

»Dann befreien wir Chris vom Schleppen, bevor der uns zusammenklappt«, unkt David. »Er hat eh noch etwas mit Julia zu besprechen.«

»Ach, hat er das?« Verwundert schaue ich zu Chris, der völlig aus der Puste ist.

»Ja … aber … kann ich erst einen Schluck Wasser haben?«

»Na klar, komm rein.«

Ich reiche Chris eine kleine Flasche Wasser und lasse ihn in Ruhe durchschnaufen. »Worüber willst du denn mit mir reden?«

»Leonie, eine unserer Kellnerinnen, hatte im Urlaub einen Unfall beim Wandern auf Madeira. Sie wird für einige Wochen ausfallen. Und David hat mir gesagt, du würdest einen Job suchen. Da dachte ich, du hättest vielleicht Lust …«

Vor Freude lasse ich Chris nicht einmal ausreden. »Perfect Match! Ich bin dabei!«

»Echt? Das wäre prima. Es geht hauptsächlich um die Bar. Wenn besonders viel los ist, dann auch servieren.«

»Das kriege ich hin.«

»Allerdings wäre es nur für die Zeit, bis Leonie wieder einsatzfähig ist. Danach könnte ich dich nur in Teilzeit beschäftigen. Dann überwiegend morgens, während der Frühstückszeit. Da fehlt uns immer Personal.«

»Das ist okay. Vielleicht kann ich mir dann zusätzlich einen Minijob suchen.«

»Wirklich?«

»Klar. Du glaubst gar nicht, wie froh ich gerade bin. Besser Teilzeit als gar nichts, oder?«

Chris reicht mir lächelnd die Hand. »Dann willkommen im Team.«

»Was gibt es denn zu tuscheln?« Maxim steckt neugierig den Kopf zur Tür herein.

Überschwänglich falle ich ihm um den Hals. »Christoph hat mir einen Job im *Coffee's* angeboten.«

»Das ist super.« Auch Maxim steht die Freude über diese Nachricht ins Gesicht geschrieben.

Normalerweise wäre das jetzt ein Grund zum Anstoßen. Aber seinetwegen werde ich mir das selbstverständlich verkneifen.

»Kannst du eben mit rüberkommen?«, fragt Maxim. »Du musst uns zeigen, wo genau die Couch stehen soll.«

»Klar.« Wir verlassen die Küche und überlegen gemeinsam, welcher Platz am besten für das wuchtige Möbelstück geeignet ist. Am liebsten würde ich es in Ruhe selbst hin- und herschieben, bis ich es für gut befinde. Allerdings habe ich Sorge, den frisch verlegten Boden dabei zu zerkratzen. Also müssen die Männer noch einmal herhalten.

Schließlich kommt es unterm Fenster zu stehen. Sogleich sieht der Raum viel wohnlicher aus. Das Petrol des Sofas harmoniert wunderbar mit dem gedeckten Mint der abgetönten Wand. Alle anderen Wände sind in einem zarten Cremeton gestrichen.

Obwohl das immer noch – oder eher wieder – meine Wohnung ist, erinnert nichts mehr daran, wie es früher einmal aussah, als ich zum ersten Mal hier gewohnt habe. Alle Wände waren in Altrosa getüncht, das Sofa wild gemustert, die Möbel zusammengewürfelt. Das Wohnzimmer erscheint nun in einem völlig neuen Glanz.

Gleiches wird auch für die anderen Räume gelten. Und für mein Leben. Alles ist anders. Die Zeichen stehen auf Neuanfang. In jeglicher Hinsicht.

Kapitel 21
Maxim

Seit gut zwei Wochen arbeitet Julia nun im *Coffee's*. Oft besuche ich sie nach Feierabend dort – so wie heute – und beobachte fasziniert, wie sie in ihrer neuen Arbeit aufgeht. Ich weiß, sie würde viel lieber im Buchladen arbeiten, aber anstatt sich zu beschweren, nimmt sie ihre Aufgabe hingebungsvoll und gewissenhaft an.

Sie beherrscht den Umgang mit der Siebträgermaschine genauso wie den mit der Zapfanlage, als hätte sie nie etwas anderes gemacht. Sogar beim Mixen der Cocktails kann man ihr nichts mehr vormachen. Habe ich mir sagen lassen. Es selbst zu probieren, ist nun mal nicht drin.

Aber es fällt mir zunehmend schwer, ihr dabei zuzusehen, wie sie ein perfektes Bier nach dem anderen zapft und auf einem Tablett abstellt.

»Bin gleich wieder da«, sagt sie und bringt die Gläser an einen der Tische. Als sie wieder zurückkommt, mustert sie mich kritisch. »Du solltest nicht hier sein«, entgegnet sie gepresst.

»Wieso? Lenke ich dich etwa von der Arbeit ab? Ich kann dir gern zeigen, wie es aussieht, wenn ich dich wirklich ablenke.« Ich schiebe ein freches Grinsen hinterher, in der Hoffnung, sie würde darauf anspringen. Dabei weiß ich genau, dass ihr gerade nicht nach Scherzen zumute ist. Schließlich kenne ich diesen Blick inzwischen gut genug.

»Hör auf damit, Maxim. Es tut dir nicht gut, permanent Alkohol vor der Nase zu haben. Ich sehe doch, wie nervös es dich macht. Du rutschst unruhig auf dem Hocker herum, wippst ununterbrochen mit dem Bein … Das grenzt an Selbstgeißelung.«

»Ach was. Mir geht es gut. Wirklich. Das Einzige, was mich nervös macht, bist du. Und die Tatsache, dass ich dich nicht einfach vor den Gästen wild abknutschen kann.«

»Spinner.« Julia kommt um den Tresen herum und haucht mir einen zarten Kuss auf die Wange. Dann wird ihr Blick sofort wieder ernst. »Ich mache mir Sorgen, Maxim. Ehrlich. Ich weiß, es ist alles andere als optimal, dass ich ausgerechnet hier arbeite. Aber ich bin auf den Job angewiesen.«

»Ist doch alles gut, Julia.«

»Nein, ist es eben nicht. Bitte Maxim … ich freue mich, wenn du da bist. Aber ich weiß, dass es dich quält. Also komm nicht mehr her. In drei Wochen kommt Leonie zurück, dann wird es einfacher für uns. Dann werde ich nur noch vormittags hier sein.«

»Willst du mir etwa sagen, dass ich dich in den nächsten Wochen so gut wie gar nicht mehr zu Gesicht kriege? Komm schon, das kannst du nicht ernst meinen.« Mein Magen zieht sich krampfhaft zusammen. *Das kann sie doch nicht machen!*

»Wir finden Wege, um uns zu sehen. Keine Sorge. Es ist doch nur eine kurze Zeit. Das bekommen wir hin. Hör zu, ich habe in einer knappen Stunde Feierabend. Geh schon rüber in meine Wohnung. Wir machen uns nachher einen gemütlichen Abend. Okay?« Erwartungsvoll hält sie mir ihren Hausschlüssel entgegen.

Ich gebe mich geschlagen und nehme ihn ihr ab. »Meinetwegen«, knurre ich und schlinge meine Arme um ihre Hüften. »Bis gleich. Lass mich nicht zu lange warten.« Mit einem kurzen Kuss verabschiede ich mich und verlasse das *Coffee's*.

Tatsächlich verspüre ich Erleichterung, als sich die Tür hinter mir schließt. Und ich weiß, Julia hat recht. Ständig den Alkohol vor der Nase zu haben, zehrt an meinen Kräften. Dennoch geht davon keine Gefahr aus. Denn schließlich ist Julia bei mir. Was soll da passieren?

Als ich den Domshof überquere, entdecke ich Mike, Carl und Alina. Ich hoffe, unbemerkt an ihnen vorbeizukommen, doch es dauert nicht lange, bis die drei auf mich aufmerksam werden.

»Maxim, komm doch mal rüber«, plärrt Carl lautstark.

Und schon läuft Alina freudestrahlend auf mich zu. »Mensch, Maxim!« Sie umfasst meinen rechten Arm mit beiden Händen. »Komm schon, musst uns doch erzählen, wie es läuft. Du siehst gut aus.«

»Nicht mehr wie einer von uns«, brummt Mike.

»Wen interessiert das?« Alina drängt sich dicht an mich, sodass ich ihre Bierfahne riechen kann. Im selben Moment hält Carl mir eine Flasche entgegen.

Abwehrend hebe ich die Hände. »Sorry, ich hab echt keine Zeit. Muss morgen früh raus.« Ich will mich abwenden, doch Alina bekommt meine Hand zu fassen.

»Nur ein bisschen, Maxim. Du fehlst mir.« Ihr flehender Blick löst nichts als Widerstand in mir aus.

Energisch befreie ich mich aus ihrem Klammergriff. »Bis dann, Leute.« Mit diesen Worten mache ich mich davon und bin erleichtert, dass sie mich in Ruhe lassen.

Schnellen Schrittes laufe ich zu Julias Wohnung. Ich stürme ins Wohnzimmer, greife mir eines der Sofakissen und schreie laut hinein.

Beschäftigung. Ich brauche dringend Beschäftigung. Unruhig laufe ich durch die Wohnung. Da fällt mir ein, dass Julia den Flur mit der restlichen Farbe anstreichen wollte. Bisher hat sie das immer vor sich hergeschoben. Hastig suche ich mir alles zusammen, was ich brauche, und beginne mit dem Streichen.

Ich bin gerade mit einer Wand fertig, als es klingelt. Das muss Julia sein.

Als sie wenige Sekunden später in der Tür steht, schaut sie sich überrascht um. »Was wird das denn hier?«

»Na, du wolltest doch den Flur streichen. Da dachte ich, wenn ich eh hier rumhänge, kann ich mich auch nützlich machen.«

»Schon mal was von Entspannung gehört?«

»Das mache ich jetzt mit dir gemeinsam.«

Ein Lächeln erhellt ihr Gesicht und sie schmiegt sich an mich. Sie zu spüren, wirkt jedes Mal heilsam auf mich. Und manchmal setzt es mir Flausen in den Kopf. Der Pinsel in meiner Hand hebt sich wie von selbst an ihre Wange und hinterlässt dort einen Strich.

Erbost löst sie sich von mir. »Na warte!« Sie greift nach der Farbrolle, und schneller als ich gucken kann, verpasst sie meinem linken Arm einen Anstrich und springt kichernd von mir weg. »Jetzt sind wir quitt. Wehe du machst das noch mal.«

»Ich würde aber zu gern …«

»Vergiss es. Du kannst mir aber beim Saubermachen helfen.«

»Nichts lieber als das.« Während ich den Pinsel weglege, spüre ich die Farbrolle an meinem anderen Arm. »Hey! Du freche Göre!« In Windeseile nehme ich ihr die Rolle ab und schlinge meine Arme um ihren Oberkörper.

»Igitt! Meine Bluse«, flucht sie.

»Ich kauf dir eine neue«, raune ich ihr ins Ohr. Dann küsse ich sie gierig und spüre, wie die Farbe von ihrem Gesicht sich auf meiner Wange verteilt. Wenig später brechen wir beide in Gelächter aus.

»Wir sollten uns wohl sauber machen«, meint Julia. »Zieh dein Shirt aus. Ich stecke es in die Waschmaschine.«

»So, so, du willst nur meinen nackten Oberkörper sehen.«

Sie errötet schlagartig und ich finde es hinreißend. Ihr Zustand verschlimmert sich umso mehr, als mein Shirt ihr entgegenfliegt. Während ich meine Arme über der Badewanne abwasche, spüre ich ihre Blicke auf mir. Zu gern wüsste ich, was gerade in ihrem Kopf vorgeht.

Erhitzt wende ich mich ihr zu und ihre Augen weiten sich. Ich kann ihre Nervosität förmlich spüren.

»Du solltest deine Bluse auch ausziehen.« Langsam öffne ich Knopf für Knopf, ohne meinen Blick von ihr abzuwenden. Als die Bluse zu Boden gleitet, tritt darunter ein hautenges Top zum Vorschein. Sehnsüchtig hebe ich meine Hand an ihre Wange und wische etwas von der Farbe weg. »Ich fürchte, du musst so bleiben. Die Farbe ist schon angetrocknet«, entgegne ich grinsend.

Sie löst sich aus ihrer Starre und wendet sich dem Waschbecken zu. Hektisch beginnt sie, die Farbreste abzuschrubben. »Geht doch«, behauptet sie. Die Röte allerdings kann sie nicht abwaschen. Und von mir aus kann die auch gern dort bleiben.

Ohne ein Wort ergreife ich ihre Hand und geleite sie herüber zum Wohnzimmer. Mit bebendem Herzen lasse ich mich aufs Sofa fallen und ziehe sie auf meinen Schoß. Bevor sie sich dagegen wehren kann, küsse ich sie leidenschaftlich und ich spüre, wie sie sich voll und ganz darauf einlässt. Ihre warmen Hände entfachen ein Feuer auf meiner Haut. Als sie mir ihren Hals verführerisch entgegenstreckt, lasse ich meine Lippen daran entlanggleiten bis zu ihrem Dekolleté. Meine Hände schieben sich wie von selbst unter ihr Top. Alles um mich herum verschwimmt, es gibt nur sie und mich.

Aber dann bremst sie mich aus. Nicht abrupt, sie entzieht sich mir nur langsam. Doch in dem Moment ist mir klar, dass es ihr zu viel ist, während ich nicht genug bekommen kann.

Ich stoße laut Luft aus, als sie unter einem zarten Kuss von meinem Schoß gleitet, und versuche, mich zu beruhigen.

»Maxim, ich …«

Hastig hebe ich einen Finger an ihre Lippen. »Schon gut. Du musst mir nichts erklären.« Mir ist klar, dass sie Zeit braucht. Schließlich bin ich der erste Mann, den sie überhaupt an sich heranlässt. Wir haben alle Zeit der Welt.

Wenig später liegen wir eng umschlungen nebeneinander. Ich möchte im Grün ihrer Augen versinken und nie wieder etwas anderes sehen. »Ich liebe dich, Julia«, flüstere ich ihr zu.

Etwas in ihrem Blick verändert sich. Und dann sagte sie die Worte, auf die ich schon lange warte. »Ich liebe dich auch.«

Ein unbeschreibliches Gefühl durchflutet jede Faser meines Körpers. Durch all ihre Taten in der vergangenen Zeit hat sie mir immer wieder aufs Neue gezeigt, wie wichtig ich ihr bin. Aber es zu hören, bedeutet mir dennoch unfassbar viel. Sie liebt mich. Das ist das Beste, was mir je passieren konnte. Mit ihr an meiner Seite kann ich alles schaffen, die schlimmsten Tage überstehen. Ganz bestimmt.

Die Tage fliegen an uns vorbei. Ich sehe Julia momentan nur selten, und obwohl ich weiß, dass dieser Zustand nicht von Dauer sein wird, zermürbt es mich. Mir bleibt zu viel Zeit zum Nachdenken. Das tut mir nicht gut. Auch wenn ihre Liebeserklärung mich auf Wolke sieben bugsiert hat, spüre ich, wie eine unsichtbare Kraft an mir zerrt, mich mit sich hinabziehen will. Ich fühle mich kaum noch in der Lage, auf der Spur zu bleiben, und ich kann mich nicht dagegen wehren.

Je näher Julia und ich uns kommen, desto größer wird meine Angst, sie zu enttäuschen, so wie ich eine Enttäuschung für alle Menschen in meinem Leben war. Meine Mutter würde sich im Grab umdrehen, wenn sie wüsste, was aus mir geworden ist.

Es ist ein düsterer Tag. Der Himmel ist wolkenverhangen und hat seine Schleusen weit geöffnet. Passend zu meiner Gemütslage. Ein tiefschwarzer Schatten liegt auf meiner Seele und erstickt alles Positive im Keim. Es fühlt sich an, als säße ich in einer stürmischen Nacht in einem führerlosen Boot, Wellen türmen sich meterhoch vor mir auf und drohen, mich in die Tiefe zu ziehen, um mich nie wieder freizugeben. Ich ringe nach Luft, versuche, mich in die Freiheit zu kämpfen, doch jeder Versuch zieht mich nur noch weiter hinab in den Schlund der Schwermut.

Ich hätte mit Julia darüber reden sollen, anstatt den Starken zu spielen und ihr zu verschweigen, wie es in mir aussieht. Ausgerechnet heute kann sie nicht bei mir sein. Bis dreiundzwanzig Uhr muss sie arbeiten. Aber ohne Julia halte ich es nicht aus. Wenigstens kurz muss ich sie sehen. Das würde mir reichen, wäre mein Rettungsanker.

Mit ihrem zuversichtlichen Lächeln vor Augen kämpfe ich mich durch den Tag, bis ich endlich mein Werkzeug fallen lassen und zu ihr fahren kann. Ich weiß, sie will nicht, dass ich sie im *Coffee's* besuche. Zu groß sei die Gefahr. Aber noch gefährlicher wäre es, es nicht zu tun. Zumindest heute.

Als ich das Café betrete und sie mit ihrem Tablett durch die Tischreihen laufen sehe, atme ich innerlich auf.

»Hallo, schöne Frau«, raune ich ihr ins Ohr, bevor sie wieder hinter die Theke huschen kann.

Sie wirbelt zu mir herum, halb lächelnd, halb entsetzt. »Hey. Was machst du denn hier?«

»Ich musste dich einfach sehen«, gestehe ich.

Zart haucht sie mir einen Kuss auf die Wange. »Aber wir haben doch eine Abmachung, oder? Ich halte es wirklich für besser, wenn …«

»Ich weiß ja. Aber glaub mir, es ging einfach nicht anders.« Ich versuche mich an einem Lächeln, aber scheitere kläglich daran.

»Alles in Ordnung?«

»Jetzt, wo ich bei dir bin, schon.«

»Willst du mir nicht einfach sagen, was los ist? Ich hatte schon die letzten Tage den Eindruck, dass dich irgendetwas beschäftigt.« Sorge schwingt in ihrer Stimme mit.

»Und ich habe dir gesagt, dass alles gut ist. Ich vermisse dich einfach nur, weil wir uns im Moment so selten sehen.«

»Das ändert sich bald. Nächste Woche ist Leonie wieder hier, dann wir es einfacher für uns.«

»Kann's kaum erwarten.«

»Hi Maxim!« Chris taucht am Tresen auf und klopft mir freundschaftlich auf die Schulter. »Julia, machst du ein Pils und einen Merlot für Tisch sieben fertig?«

»Klar, wird gemacht«, antwortet Julia, greift sich ein Glas und betätigt die Zapfanlage. Dabei wirft sie mir einen besorgten Blick zu. Und in dem Moment ist ihre Sorge mehr als begründet.

»Ich hab's verstanden. Ich mach mich vom Acker. Aber nicht, bevor ich keinen Kuss bekommen habe.«

Lächelnd lehnt sie sich über den Tresen und ich strecke mich ihr entgegen. Kurz streifen sich unsere Lippen. Zu kurz, um davon berauscht zu werden.

Mit einem eigenartigen Ziehen in der Magengegend verlasse ich das *Coffee's* und steuere den nächstbesten Supermarkt an. Mein Kopf ist wie ausgeschaltet, jede Bewegung, jedes Handeln erfolgt vollkommen mechanisch. Ich greife mir eine Flasche aus dem Regal, bezahle und flüchte ins Freie.

Als der Wodka meine Kehle hinunterrinnt, fühle ich mich befreit von dieser tonnenschweren Last, die mich zu ersticken droht. Heute ist der 15. September. Der Todestag meiner Mutter. Und obwohl schon so viel Zeit vergangen ist, fühle ich mich plötzlich wieder wie der kleine Junge, der alles verloren hat. Ich habe versagt – auf ganzer Linie.

Kapitel 22
Julia

Gerade hat Chris mir Bescheid gegeben, dass meine Schicht heute Nachmittag ausfällt und ich um dreizehn Uhr Feierabend machen kann. Seit Leonie wieder da ist, übernimmt sie eine Extraschicht nach der anderen. Zwar könnte ich das Geld gut gebrauchen, traurig bin ich trotzdem nicht drum. Umso mehr Zeit kann ich mit Maxim verbringen.

In den letzten Tagen verhält er sich extrem eigenartig. Er drängt nicht mehr darauf, mich zu sehen, sucht ständig nach Ausflüchten. *Ob ich ihm schon zu viel geworden bin?* Dabei hat er sich doch kürzlich noch darüber beschwert, ich hätte kaum Zeit für ihn, seit ich den Job im *Coffee's* habe. Ich habe nicht die leiseste Ahnung, wie ich das einschätzen soll. Vielleicht geht ihm das alles nicht schnell genug. Vielleicht mache ich mir auch einfach nur zu viele Gedanken.

Die überraschende freie Zeit nutze ich, um uns ein paar Leckereien zu besorgen und Maxim nach Feierabend mit einem Picknick zu überraschen. Gegen siebzehn Uhr klemme ich den vollgepackten Korb auf den Gepäckträger meines Fahrrads und radle zu Maxims Wohnung. Von dort aus ist es nicht weit bis zum Ufer der Weser, wo wir uns ein schönes Plätzchen für unser Picknick suchen können.

Mein Puls rast vor Aufregung, als ich bei Maxim klingle, wie jedes Mal, wenn ich ihn wiedersehe. Doch als sich die Wohnungstür öffnet, setzt mein Herz mehrere Schläge aus. Nicht Maxim, sondern Carl öffnet mir die Tür, einer der Männer, mit denen er immer auf der Straße herumhing.

»Heeeeeeeeey! Maxim, es ist deine Kleine«, brüllt er durch den Hausflur und schwankt wieder ins Wohnungsinnere.

Ich spüre einen schweren Stein in meiner Magengegend. Das kann nichts Gutes bedeuten. Und dieses Gefühl bestätigt sich, als ich seinen Wohnraum betrete. Musik dringt aus den Boxen der Anlage, der Geruch von Alkohol hängt in der Luft, der kleine Tisch ist überfüllt mit leeren Flaschen.

Maxim sitzt zwischen seinen Kumpanen auf dem Boden und Alina klebt in seinem Arm und grinst mich hämisch an.

Der Korb gleitet mir aus den Händen und fällt krachend zu Boden. »Was ist hier los?« Meine Stimme klingt beängstigend fremd.

Mit leeren Augen starrt Maxim mich an und zeigt keinerlei Reaktion.

Es fühlt sich an, als würde sich eine unsichtbare Hand um meinen Hals legen und zudrücken. »Scheiße, Maxim. Wie kannst du nur?«, schreie ich.

»Julia …« Plötzlich klärt sich sein Blick und er befreit sich von Alina. Doch er ist nicht einmal in der Lage, aufzustehen.

»Mach dir keine Mühe. Ich habe genug gesehen.« Mit diesen Worten wende ich mich ab und laufe aus dem Haus. Weg von Maxim. Weg von dem einzigen Mann, den ich je in mein Herz gelassen habe – nur um zu der bitteren Erkenntnis zu gelangen, dass das ein Fehler war. Dabei wusste ich das doch vorher. Warum musste ich es also unbedingt drauf ankommen lassen? Dieses bescheuerte Herz … Nie wieder werde ich darauf hören.

So schnell ich kann, trete ich in die Pedale, blind vor Tränen, gejagt von der bitteren Wahrheit, die nicht schönzureden ist. Es gibt nur eine einzige Sache, die ich jetzt tun kann. Bremen den Rücken zu kehren.

Tessa steht ratlos in der Tür und sieht mir dabei zu, wie ich wild einen Haufen Klamotten in meinen Koffer werfe. Sie war die Erste, die ich angerufen habe. Sofort hat sie sich auf den Weg gemacht und versucht seitdem, mich davon abzuhalten, nach Irland zu verschwinden.

»Nenne mir einen einzigen Grund, warum ich hierbleiben soll«, fauche ich.

»Es gibt tausend Gründe zu bleiben. Und Maxim ist einer davon. Mensch, Julia. Er hatte einen Rückfall. Das ist zwar scheiße, aber es kommt vor. Maxim ist süchtig. Er braucht jetzt unsere Hilfe. Vor allen Dingen deine.«

»Ach ja? Und warum redet er dann nicht mit mir und wirft sich stattdessen dieser Schlampe an den Hals?«

»Wer sagt denn, dass es nicht umgekehrt war? Du hast nicht mit ihm darüber gesprochen.«

»Dazu war er auch nicht in der Lage.«

»Dann versuch jetzt erst einmal, dich zu beruhigen, und morgen sprecht ihr euch aus.«

»Wozu? Damit ich noch einmal mit ihm einen Entzug durchziehe und sich dieser Albtraum wiederholt? Ohne mich. Auf diesen Teufelskreis habe ich keine Lust. Und Kraft habe ich erst recht nicht dafür.«

Tessa kniet sich neben mich auf den Boden und legt ihren Arm um mich. »Julia, ich kann mir vorstellen, dass es wehtut. Nach allem, was ihr durchgemacht habt ... Aber es gibt auch andere Wege, ihm zu helfen. Bessere Wege sogar.«

»Und wie kommst du darauf, dass er sich überhaupt helfen lassen will?«

»Ganz bestimmt will er das. Er hat das schon einmal durchgezogen. Für dich.«

»Und mich jetzt einfach durch Alina ersetzt.«

»Das kann und will ich nicht glauben. Bitte, sprich mit ihm. Überstürze jetzt nichts.«

»Es gibt nichts mehr zu reden. Morgen früh bin ich weg.«

»Und lässt alles zurück? Deinen neuen Job, deine Wohnung, uns …«, Tessa streichelt sacht über ihren inzwischen sichtlich gewölbten Bauch, »… und den Mann, den du liebst.«

Traurig lege ich meine Hand ebenfalls auf ihren Bauch. Ich würde wirklich viel zurücklassen. Aber ich muss gehen. Diesen Schmerz kann ich einfach nicht ertragen, hier, wo mich alles an Maxim erinnert. »Ja … ich lasse alles zurück. Es ist das Beste.«

»Das glaubst du doch selbst nicht, Julia. Und selbst wenn, musst du Maxim wenigstens die Chance geben, sich zu erklären.«

»Muss ich das? Es ist doch offensichtlich, was passiert ist. Er hat sich von seinen Kumpanen zum Trinken überreden lassen. Falls das überhaupt nötig war.« All meinen Frust und meine Enttäuschung lege ich in meine Worte hinein.

»Das glaube ich einfach nicht, Julia. Es muss eine andere Erklärung dafür geben.«

»Und wie soll die lauten?«

Meine Freundin zuckt ratlos mit den Schultern, was mich umso mehr bestätigt.

»Siehst du! Dir fällt dazu auch nichts ein.«

»Ich kann deine Wut verstehen. Aber bist du dir wirklich sicher, dass sie gerechtfertigt ist? Das weißt du erst, wenn du dir angehört hast, was er dazu zu sagen hat. Bitte handle jetzt nicht übereilt. Damit wirst du dich nur unglücklich machen.«

»Unglücklich bin ich *jetzt*. Ich wusste genau, dass es so kommen würde. Ich wusste genau, dass ich enttäuscht werde.« Mehr als ein Flüstern bringe ich nicht mehr heraus.

Tessa nickt verständnisvoll. »Vielleicht hilft dir eine kleine Auszeit, das alles sacken zu lassen. Flieg nach Irland, aber bitte nicht ohne Rückflugticket.«

Trotzig verschränke ich die Arme vor der Brust und weiche Tessas Blick aus.

»Julia, du gehörst doch sonst nicht zu den Menschen, die einfach aufgeben. Und das solltest du auch jetzt nicht tun. Maxim ist es wert, dessen bin ich mir sicher.«

Sie hat recht. Aufgeben war noch nie mein Ding. Aber da wusste ich auch noch nichts von der Liebe. Dass sie mit einem Schlag alles zerschmettern kann, an das man geglaubt hat. »Ehrlich, ich weiß es nicht.«

»Wirst du dich wenigstens von ihm verabschieden?«

Ich nicke stumm, obwohl ich mir nicht sicher bin, ob ich das überhaupt kann. Im Moment weiß ich gar nichts mehr. Außer, dass es ihm den Boden unter den Füßen wegreißen wird. Falls er nicht sowieso schon jeglichen Halt verloren hat. So wie ich.

Um kurz vor Mitternacht gibt mein Handy einen Signalton von sich. Eine Nachricht von Maxim. Ich habe Angst, sie zu öffnen. Dennoch kann ich nicht anders, als nachzusehen, was er mir sagen möchte.

Julia, es tut mir so leid. Ich kann dir
das alles erklären. Können wir reden?
Bitte.

Ich kann das gerade nicht.
Brauche dringend Abstand.

Ohne eine weitere Antwort abzuwarten, stelle ich das Handy aus. Unter keinen Umständen will ich jetzt mit ihm reden und mir irgendwelche Ausreden anhören. Und auch morgen nicht. Vielleicht nie mehr. Zumindest ist es im Moment unvorstellbar für mich. Zu tief sitzt die Enttäuschung.

Mit aller Gewalt versuche ich, diese verfluchten Tränen zu unterdrücken, und vergrabe mein Gesicht im Kopfkissen. An Schlaf ist nicht zu denken. Unaufhörlich kreisen meine Gedanken um Maxim und um das Geschehene.

Er trinkt wieder, obwohl er mir ein Versprechen gegeben hat. Ob Tessa recht hat? Gibt es einen triftigen Grund für seinen Rückfall? Nein, nichts wäre es wert, all das, was er sich erkämpft hat, wieder über Bord zu werfen. Immer wieder komme ich zu diesem Schluss.

Oder ist mein Job im *Coffee's* daran schuld? Weil er dieses Gift ständig vor Augen hatte?

Ich schalte das Licht ein und hole mir etwas zum Schreiben. Es fällt mir schwer, meine Gedanken zu Papier zu bringen, doch ich muss es wenigstens versuchen. Auch wenn ich mich momentan nicht in der Verfassung fühle, mit Maxim zu reden, bringe ich es nicht übers Herz, ohne Erklärung von hier zu verschwinden. Er muss wissen, wie ich empfinde. Doch ich könnte ihm gerade nicht in die Augen sehen.

Als der Brief fertig ist, fühle ich mich kein Stückchen leichter. Und ich habe keine Ahnung, wie es weitergehen soll. Vielleicht bringt Irland Klarheit in mein Gefühlschaos.

Aber was, wenn nicht?

Kapitel 23
Maxim

Verflucht, was habe ich getan? Ich hätte wissen müssen, dass es sie von mir forttreibt. Nicht einmal mehr reden will sie. Ich kann es ihr kaum verübeln. Warum konnte ich mich nicht zusammenreißen? Warum musste ich wieder zu diesem Scheißzeug greifen?

Ich hätte mit ihr sprechen sollen, als es mir schlecht ging. Stattdessen dachte ich, das mit mir allein ausmachen zu müssen. Und das habe ich jetzt davon. Julia will nichts mehr mit mir zu tun haben.

Wer will schon jemanden, der an der Flasche hängt? Niemand, wirklich niemand, möchte mit jemandem wie mir zusammensein. Ich habe alles aufs Spiel gesetzt, weil ich dachte, meinen Frust ertränken zu müssen.

Einen Scheißdreck bin ich wert. Julia hat etwas Besseres verdient.

Und ich mache das, was ich am besten kann. Ich trinke, bis ich nichts mehr spüre. Keinen Frust, keine Ängste, nicht die Einsamkeit, die sich wie eine bleischwere Decke über mich legt.

Mit jedem Schluck entferne ich mich ein bisschen von mir selbst – und von dem erhofften Leben, das für mich in meilenweite Entfernung gerückt ist.

Kapitel 24
Tessa

Julia ist tatsächlich abgeflogen, ohne mit Maxim zu reden. Niemand versteht ihren Kummer so gut wie ich, und dennoch ist ihre Situation eine völlig andere als meine damals mit Marc. Mein Ex-Mann war ein Psychopath, Maxim hingegen ist suchtkrank.

Obwohl ihr bewusst war, dass es jederzeit zu einem Rückfall kommen könnte, lähmt sie das Geschehene. Ich weiß nicht einmal, ob es die Tatsache ist, dass er wieder trinkt, oder vielmehr Alina an Maxims Seite gesehen zu haben. Vielleicht war Letzteres das, was sie wirklich enttäuscht hat. Und der Fakt, dass er nicht mit ihr über seine Probleme gesprochen hat. Keiner von uns weiß, wie hart der Kampf gegen die Sucht für ihn sein muss, wie stark sein Verlangen nach Alkohol war. Ein Verlangen, das möglicherweise niemals ganz nachlässt.

Unruhig stehe ich vor Maxims Haus und drehe Julias Brief in meinen Händen um die eigene Achse. Der Himmel hat seine Schleusen weit geöffnet und es regnet in Strömen, passend zu den Wolken, die durch meine Gedanken ziehen. Mit diesem Brief überbringe ich Maxim die Nachricht, dass sie weg ist – auf unbestimmte Zeit, wenn nicht sogar für immer. Und ich habe bereits jetzt eine vage Vorstellung davon, was es mit ihm machen wird. Meine Hand zittert, als ich die Klingel drücke.

Wenig später lässt Maxim mich herein. »Tessa, du bist es.« Er wendet sich ab und trottet in seine Wohnung.

Nervös folge ich ihm. Die Fenster sind abgedunkelt, sodass kaum Licht in den Raum fällt. Dennoch ist unschwer zu erkennen, dass seine Augen stark gerötet sind. Maxim starrt stumpf ins Leere. Sofort ist mir klar, dass er nicht nüchtern ist. Die leeren Flaschen auf dem Tisch bestätigen meine Annahme umso mehr.

»Bist du betrunken?«, frage ich dennoch und setze mich zu ihm aufs Sofa.

»Welche Rolle spielt das jetzt noch? Julia will nichts mehr von mir wissen.«

»Selbst wenn es so wäre, spielt es sehr wohl eine Rolle. Du hast einmal den Absprung geschafft und du wirst es wieder schaffen«, sage ich überzeugter, als ich tatsächlich bin.

»Nichts schaffe ich.«

»Gib dich nicht auf, Maxim. Du kannst Julia zurückholen. Da bin ich mir sicher.«

»Sie geht nicht einmal ans Telefon.«

»Julia ist heute Vormittag … nach Irland geflogen.« Besorgt warte ich seine Reaktion ab. Doch der erwartete Absturz bleibt aus. Stattdessen nickt er bloß. Vermutlich hat er sich zu sehr betäubt.

»Maxim, ich …«

»Sie kommt nicht mehr zurück, nicht wahr?«

»Ich glaube, es ist noch nicht alles verloren.«

»Glaubst du.« Er schnaubt laut. »Sieh mich doch an, Tessa! Ich bin nichts als ein Haufen Dreck. Das war ich schon immer und ich werde es immer sein.«

»Hör auf, so zu reden. Du hattest einen Rückfall. Ja, das ist schlimm. Aber du kannst einen Entzug machen und dich wieder auf Kurs bringen.«

»Und wer soll mir dabei bitte schön helfen? Ohne Julia schaffe ich das nicht. Oder willst du das etwa mit mir durchziehen?«

Bestimmt schüttle ich den Kopf.

»Na, siehst du«, entgegnet er mürrisch.

»Ein kalter Entzug ist eh das Schlimmste, was du tun kannst. Du brauchst professionelle Hilfe.«

»Und wie soll die aussehen?«

»Ich denke, eine Entzugsklinik wäre das Beste für dich.«

»Toll, dass du weißt, was das Beste für mich ist.«

»Bitte Maxim, wir wollen dir helfen.«

»Wen meinst du mit wir?«

»David, ich und Darius.«

»Du hast mit meinem Chef über meinen Rückfall gesprochen?«, schreit er. Zorn flammt in seinen Augen auf und für einen Moment kommen mir Zweifel, ob es eine gute Idee war, allein zu Maxim zu gehen.

»Du bist seit Tagen nicht zur Arbeit gekommen, ohne Bescheid zu geben. Was hätte ich ihm denn sagen sollen? Darius ist nicht blöd und kann eins und eins zusammenzählen.«

Resigniert lehnt Maxim sich zurück und rauft sich die Haare. »Verflucht. Alles, was ich kann, ist, mein Leben immer wieder vor die Wand zu fahren.«

»Du kannst das Ruder rumreißen. Du musst nur wollen.«

»Selbst wenn … auf die Schnelle bekomme ich sicher keinen Platz in einer Entzugsklinik.«

»Und wenn doch?«

»Wie meinst du das?«

»Darius hat ein paar Hebel für dich in Bewegung gesetzt. Es gibt eine private Entzugsklinik, dort könntest du sofort einen Platz haben.«

»Wie soll ich mir das denn leisten?«

»Das muss dich nicht kümmern. Darius übernimmt das für dich.«

Ungläubig starrt Maxim mich an. »Dein Ernst? Warum tut er das?«

»Weil er dich gern hat. Und obendrein hält er große Stücke auf dich.«

»Auf einen Versager wie mich?«

»Offensichtlich hat er eine höhere Meinung von dir als du selbst. Da solltest du dringend dran arbeiten.« Um die Stimmung aufzulockern, zwinkere ich ihm zu.

Immerhin entlockt ihm das ein schwaches Lächeln. »Wenn du meinst.«

»Also wirst du in den Entzug gehen?«

»Weiß nicht.«

»Es wäre dumm, wenn du es nicht tun würdest.«

»Also schön. Meinetwegen.«

»Dann wird David dich morgen hinbringen.«

»Morgen schon?«

»Je eher desto besser, meinst du nicht? Stell dich auf eine lange Fahrt ein. Die Klinik ist in Bayern.«

Mehr als ein überraschtes »Wow« bringt er nicht heraus.

Ich muss den Moment nutzen, um zu erfahren, was überhaupt passiert ist. »Magst du mir erzählen, wie es zu deinem Rückfall gekommen ist?«

Maxim beugt sich vor und vergräbt das Gesicht in seinen Händen. »Es war am Todestag meiner Mutter. Weiß auch nicht genau, warum mich das nach all der Zeit plötzlich wieder so runtergezogen hat. Ich war ohnehin frustriert und dann kam dieser Tag … da ist es halt passiert.«

»Verdammt«, fluche ich. »Warum hast du uns denn nichts gesagt? Wusste Julia davon?«

Stumm schüttelt er den Kopf. »Ich dachte, das ist nur ein kleines Tief, nichts Wildes. Jedenfalls wollte ich das mit mir allein ausmachen. Und deshalb habe ich Julia verloren.«

»Du hättest mit ihr reden sollen. Wenn du möchtest, tue ich das für dich. Sag mir nur eines: Lief irgendwas mit Alina?«

»Was? Um Himmels willen! Nein.«

»Julia meinte, sie klebte wie eine Klette an dir. Sie dachte …«

»Scheiße, nein … Da war nichts. Das musst du mir glauben. Alina versucht es einfach immer wieder. Sie lässt keine Gelegenheit aus, meine Nähe zu suchen. Ich war wohl nicht mehr ganz in der Lage, mich dagegen zu wehren. Aber ich interessiere mich nicht im Geringsten für sie. Ich will nur Julia.« Jedes einzelne Wort kaufe ich ihm ab. Plötzlich wirkt er vollkommen klar.

Erleichtert nicke ich. Dann fällt mein Blick auf den Brief, den ich immer noch in meinen Händen halte. »Den soll ich dir von Julia geben.«

Schweigend nimmt er den Umschlag entgegen und starrt ihn an, unsicher, ob er ihn öffnen soll oder nicht. »Ich traue mich nicht«, flüstert er.

»Dann pack ihn in deinen Koffer und lies ihn, wenn du so weit bist. Ich kann dir nicht sagen, was sie geschrieben hat. Aber vielleicht erfährst du darin, ob noch eine Chance für euch beide besteht.«

»Und wenn nicht?«

»Ich weiß es nicht«, wispere ich. Ehrlich gesagt teile ich seine Sorge. Andererseits ... »Aber aufgeben ist keine Option.«

»Deinen Optimismus möchte ich haben.«

»Ich gebe dir gern etwas davon ab. Und jetzt entsorge ich erst einmal diesen ganzen Mist hier.« Fahrig deute ich auf die Flaschen und springe auf. »Brauchst du Hilfe beim Packen?«

Auch Maxim quält sich vom Sofa. »Wirst du mit ihr sprechen?«

Ich greife nach seiner Hand. »Das werde ich. Versprochen. Und du konzentrierst dich jetzt erst mal auf deinen Entzug. Das musst du mir versprechen.«

»Okay.« Maxims Augen spiegeln ein Wechselbad der Gefühle wider. Angst, Schmerz, Hoffnung, Zuversicht. »Danke. Für alles.«

Damit Maxim die Nacht nicht auf sich selbst gestellt in seiner Wohnung verbringen muss, nehme ich ihn mit zu uns nach Hause. Es wäre nicht gut für ihn, jetzt allein zu sein, wohl wissend, welche Verantwortung dies für uns mit sich bringt.

Unruhig wälzt er sich auf der Couch hin und her, schreckt immer wieder auf. Dadurch erlange ich den Hauch einer Ahnung, was Julia während des Entzugs mit ihm durchlebt haben muss. Eine Erfahrung, um die ich sie keineswegs beneide. Ein Grund mehr für ihre heftige Reaktion auf den Rückfall.

Erleichtert und besorgt zugleich verabschiede ich David und Maxim am nächsten Morgen. »Pass auf dich auf«, raune ich David zu.

Maxim drücke ich fest an mich. »Du schaffst das, Maxim. Du gehörst zu den stärksten Menschen, die ich kenne.«

Ein freudloses Lachen entweicht ihm. Die Angst steht ihm ins Gesicht geschrieben. »Ich gebe mein Bestes«, murmelt er.

»Das weiß ich«, erwidere ich voller Zuversicht.

Kapitel 25
Julia

Seit fünf Tagen blocke ich alles ab, was aus Deutschland kommt. Nachrichten, Anrufe, E-Mails. Dass ich mich nicht ewig verkriechen kann, weiß ich sehr wohl. Im Moment fühle ich mich jedoch nicht in der Lage, mich mit Maxim auseinanderzusetzen. Ehrlicherweise tue ich allerdings den ganzen Tag nichts anderes.

Auch meine Eltern sind der Meinung, dass Wegrennen und Ignorieren keine Optionen sind. Natürlich weiß ich das alles selbst. Warum macht es mir dann aber so große Angst, mich all dem zu stellen? Weil die Enttäuschung dadurch noch größer werden könnte? Geht das überhaupt?

»Nun ruf ihn an«, drängt mein Vater. »Oder sprich wenigstens mit deiner Freundin. Ich werde Tessa kein weiteres Mal am Telefon abwimmeln.«

»Ach, Dad«, murmle ich vor mich hin.

»Liebe kann wehtun. Das gehört leider dazu. In jeder Beziehung gibt es Höhen und Tiefen. Denkst du, die hatten deine Mum und ich etwa nicht? Kampflos aufgeben sollte man aber nie. Erst recht nicht, nach dem, was du mit Maxim durchgemacht hast.«

»Das weiß ich alles, Dad. Aber irgendwie … habe ich Angst. Er könnte mir jetzt wer weiß was versprechen. Aber was ist, wenn er nie vom Alkohol wegkommt? Wenn er immer wieder rückfällig wird? Das halte ich nicht aus. Vielleicht werde ich ihm mein Leben lang misstrauen.«

»Das kann ich mir beim besten Willen nicht vorstellen.«

»Was macht dich da so sicher?«

»Liebe hält allem stand.« Dad blickt mich zuversichtlich an. »Lass dir das von einem alten Mann gesagt sein, der bald ein halbes Jahrhundert verheiratet ist.«

»Vielleicht hast du recht.« Ich schmiege meinen Kopf an Dads Schulter und sinne über seine Worte nach.

»Ganz bestimmt sogar«, brummt er lächelnd.

Gegen Abend fasse ich mir ein Herz und rufe Tessa an.

»Endlich, Julia!«, lauten ihre ersten Worte. »Warum meldest du dich denn nicht?«

»Ich hatte mein Handy aus.«

»Und am Telefon hast du dich verleugnen lassen?«

»Ja«, erwidere ich gepresst. »Tut mir leid.«

»Es sei dir verziehen«, meint Tessa und ich höre ein Lächeln in ihrer Stimme. »Wie geht es dir?«

»Bescheiden?«

»Hättest du dich eher gemeldet, würdest du dich jetzt mit Sicherheit besser fühlen.«

»Okay, okay. Hab's verstanden.«

»Sorry, der musste sein«, flachst sie. »Maxim ist in einer Entzugsklinik.«

»Echt?«

»Ja. In Bayern. David hat ihn hingebracht.«

»Damit habe ich nicht gerechnet. Du hast Maxim also gesehen? Hast du eine Ahnung …«

»Wie es zu seinem Rückfall kam?«, beendet Tessa meine Frage.

»Genau.«

»Es ist am Todestag seiner Mutter passiert. Maxim hatte sich wohl schon zuvor mit allerlei Selbstzweifeln geplagt und an diesem Tag sind seine Emotionen schließlich mit ihm durchgegangen. Da sind ihm die Sicherungen durchgebrannt.«

Entsetzen macht sich in mir breit. »Davon wusste ich nichts. Wann genau war das?«

»Als er dich zuletzt im *Coffee's* besucht hat.«

»Verdammt! Hätte ich ihn doch bloß nicht weggeschickt ...« Es gelingt mir nicht, das Schluchzen zu unterdrücken. »Tessa, es ist meine Schuld.«

»So ein Quatsch. Du wusstest schließlich nicht, dass er sich so schlecht fühlt.«

»Aber ich habe ihm angesehen, dass etwas nicht stimmt. Ich sehe sein Gesicht genau vor meinen Augen.«

»Ach, Liebes.«

»Hast du mit ihm auch ... über Alina gesprochen?« Meine Kehle ist plötzlich ganz trocken.

»Ja. Da war nichts, Julia. Sie war diejenige, die sich ihm an den Hals schmeißen wollte und seine Situation ausgenutzt hat. Aber es blieb bei dem Versuch. Er will dich, Julia, und nicht diese Göre.«

»Oh Mann. Und ich habe ihm nicht einmal die Chance gegeben, sich zu rechtfertigen. Weißt du, ob er meinen Brief gelesen hat?« Ein schwerer Stein liegt mir im Magen.

»Keine Ahnung. Als ich ihm den Brief gegeben habe, fühlte er sich nicht in der Lage dazu. Was ... steht denn drin?«

»Nichts allzu Nettes, fürchte ich. Aber ich war ... ich fühlte mich so vor den Kopf gestoßen. Ist er wütend auf mich?«

»Ich denke nicht. Aber er glaubt, dich verloren zu haben.«

Schweigend sinne ich über ihre Worte nach.

»Hat er dich denn verloren?«, hakt Tessa nach.

»Wenn ich das wüsste.«

»Liebst du ihn?«

»Natürlich tue ich das.«

»Dann hast du doch deine Antwort. Maxim tut gerade alles, um dir zu beweisen, wie sehr er dich liebt. Was willst du mehr?«

»Ja, was will ich eigentlich mehr?« Die Frage stelle ich eher an mich selbst. Und wenn ich ehrlich bin, kenne ich die Antwort darauf längst.

»Ein bisschen Zeit, um darüber nachzudenken, hast du noch. Maxim bleibt mindestens vier Wochen in der Klinik. Aber danach solltet ihr miteinander reden.«

»Ja. Das werden wir.«

»Also kommst du bald zurück?«

»Ein paar Tage bleibe ich noch, jetzt, wo ich schon mal hier bin.«

»Okay. Meldest du dich zwischendurch?«

»Mach ich. Und Tessa? Danke.«

Seit dem Gespräch mit Tessa fühle ich mich leichter. Meine Gedanken sind nicht mehr tiefschwarz, sondern lassen wieder andere Farben hervorschillern. Ich war zu voreilig, zu kopflos, das weiß ich jetzt. Aber woher sollte ich wissen, wie man mit all diesen Gefühlen überhaupt klarkommt? Auf diese Art und Weise verletzt zu werden, traf mich mit einer nie gekannten Wucht. Ich wusste einfach nicht, damit umzugehen. Inzwischen ist mir längst klar, dass ich alles andere als erwachsen gehandelt habe.

Was daran liegen könnte, dass die Liebe einen zum Narren macht. Sie gaukelt uns eine rosarote Welt vor, und wenn diese ins Wanken gerät, stürzt man kopfüber in einen Abgrund und glaubt, es gäbe kein Entrinnen daraus. Manchmal mag das stimmen, doch wenn man die dunklen Schatten abstreift, ist auch wieder Licht zu sehen.

Und jetzt sehe ich es – das Leuchten, welches von der ersten Sekunde an zwischen Maxim und mir vorhanden war. Vielleicht ist es gerade etwas schwächer, aber ich bin mir sicher, dass wir es wieder voll entflammen können.

Maxim hat mit dem Entzug einen radikalen Schritt gewagt, bereits zum zweiten Mal, was mir mehr als deutlich zeigt, wie sehr er das will. Der Rückfall kam in einem Moment der Schwäche und ich dumme Kuh musste noch einen oben drauf setzen, indem ich mich einfach aus dem Staub gemacht habe. Trotzdem gibt er nicht auf, kämpft wie ein Löwe, um mir zu beweisen, wie sehr er das alles will. Wie sehr er *mich* will. Allein bei dem Gedanken daran wird jede Faser meines Körpers mit Liebe erfüllt – und mit einer Sehnsucht, die stärker nicht sein könnte.

Am nächsten Tag telefoniere ich mit Chris und frage ihn, wie lang er mich noch entbehren kann. Von Anfang an war mir unterbewusst klar, dass ich nicht in Irland bleiben würde. Es war bloß ein kurzfristiger Ausweg, um eine Weile aus der Gefühlsachterbahn auszusteigen. Denn inzwischen habe ich in Bremen wieder ein Leben, ganz abgesehen von Maxim. Ich habe einen Job, eine Wohnung, Mona, meine Freunde. Und mehr denn je weiß ich, dass ich darauf um keinen Preis der Welt verzichten möchte – ganz gleich, wie sehr ich an meiner Familie und an Irland hänge.

Inzwischen hatte ich ausreichend Zeit, mich zu vergewissern, dass es auch ohne mich ganz gut läuft. Vielleicht gaukeln mir alle aber auch nur etwas vor, damit ich beruhigt nach Bremen zurückkehren kann. Aber schließlich kenne ich meine Lieben gut genug, um zu wissen, dass sie mich nicht an der Nase herumführen.

Heute Nachmittag fahren wir allesamt zum Dunworley Beach. Es ist erstaunlich mild für einen Tag Ende September und sogar die Sonne ist gnädig und lässt sich blicken.

Bepackt mit zwei großen Picknickdecken und einem prall gefüllten Korb voller Leckereien suchen wir uns einen schönen Platz, von dem wir freie Sicht auf das weite Meer haben.

Während Loreen und Davin die Decken ausbreiten, laufe ich bis ans Wasser und lasse meinen Blick in die Ferne schweifen. Der Wind weht durch mein offenes Haar und trägt die frische Meeresluft zu mir herüber. Hier fühle ich mich frei, nahezu schwerelos. Es ist, als würde die Last meiner Emotionen von mir genommen und über das Meer hinfort getragen werden.

Ich höre, wie sich jemand nähert. Ich muss mich nicht umdrehen, um zu wissen, dass es Davin ist.

»Erinnerst du dich, als wir das letzte Mal hier waren?«, frage ich nachdenklich.

»Und ob ich das weiß«, erwidert er.

»Ich habe es genossen, hier zu sein. Und dann kam der Anruf«, entgegne ich bitter.

»Zum Glück.«

»Wie meinst du das?« Irritiert schaue ich ihn an.

»Hättest du diesen Anruf nicht bekommen, würdest du dich vielleicht noch heute vor einer Entscheidung drücken.«

»Kann sein.«

»Ziemlich sicher sogar.«

»Seitdem ist viel passiert.«

»Vor allen Dingen mit dir. Anscheinend brauchtest du genau diesen Schubs in die richtige Richtung.«

»Und was hat es mir gebracht?« Die Frage ist eher an mich selbst gerichtet.

»Eine Menge, oder? Du bist wieder in Bremen und du hast Maxim.«

»Denkst du, er verzeiht mir, dass ich Hals über Kopf abgehauen bin?«

»Auf jeden Fall.«

»Das klingt so überzeugt. Dabei kennst du ihn doch überhaupt nicht.«

»Aber ich kenne mich mit der Liebe aus.«

»Deswegen bist du auch seit drei Jahren Single.«

Ein Grinsen stiehlt sich auf sein Gesicht. »Womöglich nicht mehr lange.«

»Habe ich irgendwas verpasst?«

»Ich habe jemanden kennengelernt. Sie heißt Albie. Und eigentlich habe ich es sogar dir zu verdanken.«

»Wie das?« Verblüfft mustere ich ihn.

»Na ja, seit du weg bist und ich Dad öfter zum Arzt beglei-
te …« Eine feine Röte färbt seine Wangen ein.

»Sag nicht, es ist die Arzthelferin.«

»Albie Meyers, genau die.«

»Das gibt's nicht!« Lachend boxe ich meinem Bruder in die
Seite.

»Wir sind bisher dreimal miteinander ausgegangen. Morgen
sehe ich sie wieder. Ich glaube, das könnte etwas Ernstes werden.«

»Ich freue mich für dich. Wirklich.«

»Keine Skepsis?«

Über mich selbst erstaunt schüttle ich den Kopf.

»Du hast dich wirklich verändert, Julia.«

»Tja, was die Liebe halt mit einem macht.«

»Mmh«, brummt Davin. »Sollen wir wieder zu den anderen
gehen?«

»Hast wohl Lust auf Mums Apple Pie.«

»Immer.« Ein bubenhaftes Grinsen erhellt sein Gesicht und
erinnert mich an den kleinen Jungen, der er einmal war.

»Wer als Erster da ist!«, rufe ich und sprinte kichernd davon.

Natürlich holt er mich ein und ergattert das größte Stück von
Mums Pie. Dieser Moment mit meiner Familie fühlt sich nach einem Stück heile Welt an. Mit Sicherheit trägt die Hoffnung, dass
sich auch mit Maxim wieder alles richten wird, zu diesem Gefühl
bei. Meine Heimat ist in Irland – und sie ist bei Maxim. *Ist so etwas
überhaupt möglich?*

Am 02. Oktober nehme ich den Rückflug nach Bremen. Die vergangenen Tage habe ich genossen, so gut es ging. Dennoch hing
ich mit meinen Gedanken ständig bei Maxim und habe mich gefragt, wie er den Entzug verkraftet und wie es ihm geht. Die Tatsache, keinen Kontakt zu ihm aufnehmen zu können, macht
mich fertig – und mir wird schmerzlich bewusst, wie er sich ge-

fühlt haben muss, als ich nach Irland abgehauen bin und unerreichbar für ihn war. Zumal seine Situation viel qualvoller gewesen sein muss als meine. Der Alkohol, die Schuldgefühle, die er in sich getragen haben muss, die Überzeugung, mich verloren zu haben – wie sehr muss all das an ihm genagt haben?

Ich fühle mich schuldig, weil ich einfach gegangen bin und ihm lediglich diesen bittersüßen Brief zurückließ. Was, wenn er ihn gelesen hat und ich damit all seine Hoffnungen habe sterben lassen? Wird er den Entzug mit diesem Wissen überhaupt schaffen? Oder sind all seine Kämpfe zum Scheitern verurteilt?

Und was wird, wenn wir uns wieder gegenüberstehen? Ob er überhaupt mit mir reden will? Ob es noch eine Chance für uns gibt?

Die Zweifel fressen mich innerlich auf. Doch das ist wohl die gerechte Strafe dafür, dass ich weggelaufen bin, anstatt mich seinem Problem – *unserem Problem* – zu stellen.

Kapitel 26
Maxim

Nach fast drei Wochen in der Klinik bin ich mir sicher, das Schlimmste überstanden zu haben. Was mich aber nach wie vor quält, ist diese grauenhafte Ungewissheit, wie es mit Julia und mir weitergeht. Ob es überhaupt weitergeht. Sie hat das Weite gesucht, was ich ihr beim besten Willen nicht verübeln kann.

Diese Schuld lastet schwer auf mir. Hätte ich mich verdammt noch mal zusammengerissen, wäre sie noch bei mir. Und ich würde nicht allein in einer Klinik hocken, hätte nicht einen weiteren Entzug über mich ergehen lassen müssen.

Dieses Mal fiel es mir dennoch leichter. Die richtige Unterstützung tut ihren Teil dazu. Im Nachhinein komme ich zu dem Entschluss, dass der kalte Entzug eine ziemlich dumme Idee war. Hätte ich es von Anfang an richtig gemacht, wäre es möglicherweise nie zu einem Rückfall gekommen. Ich weiß jetzt, dass ich psychologische Hilfe brauche, auch wenn es mir schwerfällt, mir das einzugestehen.

All die Jahre habe ich mir eingeredet, ich sei tough und würde über allem drüberstehen. Das Trinken sah ich nie als Problem an, nicht mal, als Clarissa mich verließ – obwohl die Trinkerei mit Sicherheit der Hauptgrund für unseren Bruch war. Auch habe ich nicht gesehen, dass ich damit mein Elend nur überdeckt habe. Im Gegenteil, ich sah es als eine Art Seelenbalsam an, redete mir ein, mir damit zu helfen. Dass das Selbstbetrug war, habe ich bewusst beiseitegeschoben. Ich habe mir etwas vorgemacht. Durch die Therapie wurde mir erst richtig bewusst, dass ich so nicht weitermachen kann und will. Nicht nur wegen Julia, sondern auch – oder vor allem – für mich selbst.

Meine Vergangenheit verstehen zu lernen und aufzuarbeiten ist schmerzhaft, zermürbend, verstörend. Die Krankheit und der Tod meiner Mutter haben mein Leben viel zu früh aus den Fugen geraten lassen. Und mein Vater hat seinen Teil dazu beigetragen. Von ihm habe ich nie den Halt bekommen, den ich gebraucht hätte. Als dann auch noch Clarissa ging …

Jetzt ist jemand da, der mir Halt gibt. Zumindest hoffe ich, dass es wieder so sein wird. Aber wenn ich es nicht immer wieder vor die Wand fahren will, muss ich mich mit mir selbst auseinandersetzen.

Vielleicht werde ich mein Leben lang psychologische Betreuung brauchen. Vielleicht werde ich viele Jahre, wenn nicht sogar für immer, zu den Anonymen Alkoholikern gehen müssen. Ganz sicher wird es so sein. Aber es ist mir egal, denn ich weiß endlich, wofür ich das alles tue. Ich werde nicht aufhören zu kämpfen und wieder Verantwortung für mein Leben übernehmen.

Die Einzelcoachings helfen mir enorm, mich zu verstehen, mich selbst wieder zu fühlen. Auch sonst nehme ich alle Angebote mit, die die Klinik anbietet. Ganz gleich ob autogenes Training, Sauerstofftherapie, Bootstouren, Bogenschießen, Akupunktur oder Klettern auf dem Hochseilgarten. Ich merke, dass ich in Bewegung bleiben muss, um mich auf das zu fokussieren, was jetzt wichtig ist – abstinent bleiben, einen kühlen Kopf bewahren.

Deshalb nutze ich auch die wenigen therapiefreien Zeiten, um mich körperlich zu verausgaben. Mit Jan und Thomas, die ich hier kennengelernt habe, gehe ich regelmäßig auf Mountainbike-Tour. Die Wälder rund um die Klinik schreien förmlich danach. Mit jedem Mal und mit wachsender Übung finde ich mehr

Gefallen daran. Schon jetzt weiß ich, dass ich damit weitermachen und mir zu Hause erst einmal ein gutes Bike besorgen werde.

Zu Hause – bei dem Gedanken überkommt mich Wehmut. Wird Julia da sein, wenn ich zurückkomme? Immer noch nicht habe ich den Mut gefunden, ihren Brief zu lesen. Doch heute fühle ich mich gefestigt genug, um es zu wagen. Mit zitternden Fingern reiße ich den Umschlag auf.

Lieber Maxim,
ich schreibe dir, weil ich dir gerade nicht gegenübertreten kann und will. Die Enttäuschung sitzt zu tief. Dabei hätte ich es kommen sehen müssen. Mir war von Anfang an klar, dass ich allein besser dran bin. Trotzdem habe ich dich in mein Herz gelassen und bereue es nun zutiefst. Es ist nicht unbedingt die Tatsache, dass du rückfällig geworden bist, sondern vielmehr, dass du nicht mit mir darüber geredet hast, dass es dir schlecht geht. Stattdessen hast du mir vorgemacht, dass alles in Ordnung ist. Ich dachte, du würdest mir vertrauen, doch da habe ich mich offensichtlich getäuscht. Das Schlimmste aber ist die Sache mit Alina. Wie konntest du dich auf sie einlassen, wo du mir vor Kurzem noch gesagt hast, du würdest mich lieben? War das nur so dahergesagt? Ich weiß, du willst reden. Aber das möchte ich nicht. Nicht jetzt zumindest. Ich brauche Abstand und fliege deshalb nach Irland.
Ich liebe dich, aber ob ich zurückkommen werde, weiß ich nicht. Das ist mir alles zu viel.
Julia

Ich schlucke hart und versuche, die aufkommenden Tränen zu verdrängen. *Verdammt!* Kopflos springe ich auf und trete einen Stuhl um. Mir ist danach, alles kurz und klein zu schlagen.

Stattdessen stürze ich nach draußen, greife mir ein Bike und rase wie von Sinnen los. Es ist mir egal, dass ich allein bin, auch wenn uns dazu geraten wird, uns mit anderen zusammenzutun. Es ist mir egal, wie gefährlich die Strecke ist, die ich nehme. Es ist mir egal, als ich Thomas hinter mir mehrfach rufen höre, ich solle auf ihn warten.

»Verflucht, Maxim! Jetzt halt an!«, brüllt er.

Ich mache eine Vollbremsung, sodass das Hinterrad ausschlägt und ich eine kleine Böschung hinunterrutsche. Dann geht alles ganz schnell. Ich stürze und mir wird kurz schwarz vor Augen. »Shit!« Ein stechender Schmerz zieht durch mein linkes Bein.

Wenige Sekunden später ist Thomas bei mir. »Hast du dich verletzt?«

»Weiß nicht genau. Mein Bein …«

»Lass sehen.« Vorsichtig schiebt er das Rad von mir weg und begutachtet meinen lädierten Oberschenkel. Blut quillt aus einer klaffenden Wunde. »Glaube, das sieht schlimmer aus, als es ist. Scheint nicht besonders tief zu sein. Du solltest trotzdem damit zum Arzt.«

»Quatsch. Das passt schon.«

»Warte, ich glaube, ich hab einen Verband dabei.« Thomas kramt ein kleines Erste-Hilfe-Kit hervor und verarztet meine Verletzung. »Was machst du überhaupt hier? Warum bist du allein losgezogen?«

»Spielt keine Rolle. Sag mir lieber, warum du mir hinterhergefahren bist!« Ich klinge wütender, als ich es beabsichtige.

»Ich habe gesehen, wie du losgerast bist, als würde dich der Teufel jagen. Da bin dir sofort hinterher. Also, was ist passiert?«

Widerwillig wende ich meinen Blick von ihm ab und raufe mir die Haare. »Ich habe den Fehler gemacht, Julias Brief zu lesen«, murmle ich mehr zu mir selbst.

»Julia ist deine Frau? Freundin?«

»Weder das eine noch das andere, fürchte ich.«

»Was ist passiert?«

»Ich hab's einfach vor die Wand gefahren. Durch diesen beschissenen Rückfall. Weil ich nicht den Mut hatte, ihr davon zu erzählen.«

»Aber du bist jetzt hier. Du tust etwas dagegen.«

»Wovon sie nicht einmal weiß. Als sie mich beim Trinken erwischt hat, ist sie sofort mit dem nächsten Flieger nach Irland verschwunden und hat mir nur diesen Brief dagelassen. Und der ist mehr als eindeutig. Sie kommt nicht mehr zu mir zurück.«

»Sieh nicht gleich so schwarz. Garantiert war es nur die erste Enttäuschung. Wenn sie dich liebt, habt ihr mit Sicherheit eine Chance.«

»Und wie kommst du darauf?«

»Das ist mein vierter Entzug. Und meine Frau hält immer noch zu mir. Auch wenn ich beim besten Willen nicht weiß, wie sie es überhaupt mit mir aushält. Ihre Stärke überrascht mich jedes Mal aufs Neue.«

»Das ist heftig. Und bewundernswert. Aber ich weiß nicht, ob das auch auf Julia zutrifft.«

»Das bleibt abzuwarten. Aber das ist noch lange kein Grund, sich hier draußen den Hals zu brechen.«

»Hast recht, Mann.«

»Kannst du fahren? Wir sollten zurück.«

»Wird schon gehen«, lüge ich. Die Wunde schmerzt mehr, als ich zugeben will. Noch qualvoller ist der Riss in meinem Inneren, den dieser Brief hervorgerufen hat. Aber vielleicht hat Thomas recht und es ist nicht alles verloren. Julia ist ebenfalls eine starke Frau. Vielleicht gelingt es ihr, einem reuigen Idioten wie mir zu verzeihen. Ich werde ihr beweisen, wie leid es mir tut. Zur Not fliege ich dafür auch bis nach Irland. Aber ich werde sie nicht kampflos aufgeben.

Kapitel 27
Julia

Die Tage ohne Maxim fühlen sich einsam an, obwohl ich meine Freunde ständig um mich habe. Der Wunsch, mit ihm zu reden, wächst stetig in mir. Es ist kaum auszuhalten, noch bis zu seiner Rückkehr aus dem Entzug abwarten zu müssen. Jeder Tag tut weh und lässt meine Sorge wachsen, er könne mir meine überstürzte Abreise sowie den Brief nicht verzeihen.

Die Arbeit im *Coffee's* lenkt mich nur bedingt ab, zumal ich meistens bloß noch vormittags dort bin. Den Rest der Zeit hocke ich in meiner Wohnung, in der mich alles an Maxim erinnert. Schließlich war er bei der Renovierung im Dauereinsatz. Außerdem bin ich seinetwegen wieder hier.

Als ich glaube, die Decke würde mir auf den Kopf fallen, beschließe ich, Tessa zu besuchen. Sie wird mich sicher auf andere Gedanken bringen, wie sie es immer tut. Schnellen Schrittes laufe ich die Treppen hinab und pralle voller Wucht gegen Johann. »Oh, entschuldige.«

»Na, du hast es aber eilig.«

»Ich war in Gedanken.«

»Hast du ein paar Minuten für mich? Ich wollte nämlich eigentlich zu dir.«

»Klar. Was gibt's denn?«

»Meine Aushilfe ist abgesprungen. Und da dachte ich, du würdest vielleicht gern wieder im Buchladen arbeiten.«

Mein Herz setzt vor Freude einen Schlag aus und ich würde Johann am liebsten um den Hals fallen. »Und ob ich will!«

Ein Lächeln erhellt Johanns Gesicht. »Darauf habe ich gehofft. Aber es sind nur drei Nachmittage die Woche. Dessen bist du dir bewusst?«

»Das ist mir egal. Ich habe auch noch den Job im *Coffee's*. Hauptsache, ich kann wieder im Buchladen sein.«

»Dann mache ich den Vertrag fertig, hm? Ab November geht es los, gut?«

»Perfekt.«

»Was ist eigentlich mit deinem Freund? Habe ihn lange nicht mehr gesehen.«

»Im Moment … läuft es nicht gut.«

»Oh, das tut mir leid. Kriegt ihr das wieder hin?«

»Ich hoffe.«

»Ich habe immer noch ein schlechtes Gewissen, weil ich ihn damals aus dem Laden geworfen habe.«

»Das solltest du auch.« Wider Willen muss ich grinsen. »Nein, Quatsch. Er steht da drüber.«

»Na dann, viel Glück, Mädchen. Ich muss wieder in den Laden. Kommst du die Tage dann rein, um den Vertrag zu unterzeichnen?«

»Klar, mache ich. Bis dann.« Beschwingt trete ich ins Freie. Die Aussicht, wieder in meinem alten Job arbeiten zu können, stimmt mich fröhlich. Nach und nach gerät alles wieder in die richtige Bahn.

Jetzt müssen nur noch Maxim und ich die Kurve kriegen. *Nur noch ist gut,* schreit eine Stimme in meinem Kopf. Doch da ist dieses Fünkchen Zuversicht in mir aufgelodert. Und dies gilt es, zu einem Feuer zu entfachen.

»Denkst du, ich kann Maxim einen Brief in die Klinik schicken?«

Tessa schaut mich fragend an. »Keine Ahnung. Bestimmt. Aber es sind nur noch ein paar Tage. Denkst du nicht, es wäre besser, einfach zu warten, bis er wieder zurückkommt?«

»Meinst du, der Brief könnte ihn aus der Bahn werfen?«

»Wohl eher nicht. Aber er sollte sich voll und ganz auf sich selbst fokussieren, finde ich. Auf zwei oder drei Tage kommt es jetzt nicht mehr an, oder?«

»Das sagst du so.«

Ein Lächeln stiehlt sich auf Tessas Gesicht. »Wie ungeduldig du sein kannst.«

»Ja, ja, ich weiß. David holt Maxim am Sonntag ab?«

»Mmh. Willst du ihn begleiten?«

»Weiß nicht recht. Mich mit ihm auszusprechen, wenn David dabei ist, ist auch keine gute Idee.«

»Da hast du recht. Vielleicht schreibst du ihm ein paar Zeilen und gibst sie David mit. Dann kann Maxim sich innerlich ein wenig auf euer Wiedersehen einstellen.«

»Gute Idee. Das werde ich machen.«

»Und jetzt lass uns in die Stadt laufen. Mein kleiner Bauchbewohner hat Lust auf eine extra große Portion Erdbeereis.«

»Du schiebst ihn also vor, damit du dich vollfressen kannst?«

Unschuldig zuckt sie mit den Schultern. »Können wir dann?«

»Na klar, wir wollen ihn ja nicht verärgern, wenn er nicht rechtzeitig sein Erdbeereis bekommt.«

»Genau.« Tessa grinst.

»Wisst ihr eigentlich immer noch nicht, was es wird?«

»Es ist ein Junge, das habe ich im Gefühl. Aber offenbar ziemlich schüchtern. Jedenfalls weigert er sich vehement, sich uns zu entblößen.«

»Wenn du da nicht eine Überraschung erlebst.«

»Das werden wir sehen.«

Die Tage bis zu Maxims Rückkehr ziehen sich wie Kaugummi. Mit jeder Stunde wächst meine Nervosität. Und meine Sorge. Die Tatsache, dass wir wochenlang nichts voneinander gehört haben, gestaltet das bevorstehende Wiedersehen sehr ungewiss. Falls er mich überhaupt wiedersehen will.

Womöglich wurde ihm in der Therapie klar, dass es keinen Sinn macht, mit mir zusammen zu sein. Vielleicht wurde ihm eingeredet, ich sei toxisch für ihn, weil ich einfach abgehauen bin, anstatt ihm zur Seite zu stehen, als er mich am dringendsten gebraucht hätte.

Mit aller Gewalt ringe ich die Zweifel nieder und versuche, ein paar Worte zu Papier zu bringen, die ihm zeigen sollen, dass ich uns durchaus eine Chance geben will. Und ich kann nur hoffen, dass er das Gleiche empfindet.

Kapitel 28
Maxim

Es ist ein ungemütlicher Herbsttag. Windböen reißen an den Ästen der Bäume, als würden sie mit aller Macht erzwingen wollen, dass diese endlich ihr verfärbtes Blätterkleid restlos abwerfen. Der Nebel hängt wie eine schwere Decke über dem Tal, die Luft ist feucht und kalt.

Dennoch sitze ich draußen vor der Klinik auf meinem Koffer und warte darauf, von David abgeholt zu werden. Jeden Moment sollte er eintreffen. Ich freue mich darauf, nach Hause zu kommen, auch wenn es mich zugleich mit Unruhe erfüllt. Wochenlang von allem abgeschirmt zu sein, hat mir in gewisser Weise gutgetan. Doch es schürt auch Ängste, Skepsis und Zweifel.

Auch wenn die Klinik sich für mich um eine ambulante Nachsorge gekümmert hat, werde ich größtenteils wieder auf mich selbst gestellt sein – allein in meiner Wohnung, allein mit meinen Gedanken, allein mit dem immer wieder aufkommenden Verlangen, meiner Sucht nachzugeben.

Und die Tatsache, dass ich Julia von mir fortgetrieben habe, macht es beim besten Willen nicht besser. Ich muss versuchen, mit ihr zu reden. Kampflos aufgeben werde ich sie jedenfalls nicht.

Als ein schwarzer Kombi vorfährt, springe ich sofort auf. David steigt aus und begrüßt mich mit einer kräftigen Umarmung. »Du siehst gut aus, Maxim. Wie fühlst du dich?«

»Erstaunlich gut. Es war die beste Entscheidung, hierher zu kommen. Hätte ich viel eher tun sollen.«

»Es bringt nichts, sich den Kopf über Vergangenes zu zerbrechen. Nach vorne schauen ist jetzt angesagt.« Er schnappt sich meinen Koffer und meine Tasche, um sie im Kofferraum zu verstauen.

»Fällt mir gerade nicht besonders leicht, nach vorne zu schauen.«

»Du meinst wegen Julia?«

Sofort spüre ich einen Kloß im Hals, weshalb ich nichts weiter als ein Nicken zustande bringe.

»Sie ist wieder zurück aus Irland.«

Mein Herz setzt einen Schlag aus. »Dein Ernst?«

»Sicher. Na los, steig ein.«

Als ich mit rasendem Puls auf dem Beifahrersitz Platz nehme, beugt David sich herüber und zieht einen zartgrünen Umschlag aus dem Handschuhfach. »Den soll ich dir von ihr geben.«

Ungläubig nehme ich den Brief entgegen und starre auf meinen Namen, der in großen Lettern auf dem Umschlag prangt.

»Willst du ihn nicht öffnen?«

Unsicher schaue ich zu David herüber. »Ich habe Angst, dass es mir den Boden unter den Füßen wegreißt.« *Wie beim letzten Brief.*

»Das glaube ich kaum. Immerhin ist der Umschlag grün.«

»Die Farbe der Hoffnung«, murmle ich mir selbst zu. »Du meinst also, sie wartet auf meine Rückkehr?«

»Und ob sie das tut. Sie hat ein verdammt schlechtes Gewissen, weil sie einfach abgehauen ist.« Damit startet er den Motor und wir treten die Fahrt nach Bremen an.

Es geht nach Hause. Und Julia ist dort. Warum bringe ich dann nicht den Mut auf, diesen Brief zu öffnen? Warum fühlt es sich an, als würde ich mir daran die Finger verbrennen?

Schließlich siegt das Herz, der Verstand sucht das Weite, und wie von selbst beginnen meine Finger, den Umschlag aufzureißen. Darin liegt nichts weiter als ein kleiner Zettel. Mein Puls beschleunigt sich spürbar, als ich ihn auffalte.

Lieber Maxim,
lange habe ich versucht, die richtigen Worte zu finden. Doch ich möchte dir lieber in die Augen sehen, um dir zu sagen, was ich fühle. Nur so viel vorab: Es tut mir leid.
Wir treffen uns morgen früh um zehn Uhr in der alten Villa.
Ich kann es kaum erwarten.
Julia

»Sie will mich morgen treffen. Und sie kann es kaum erwarten, schreibt sie.« Meine Stimme überschlägt sich beinahe.

»Na, siehst du.« David lächelt und auf einmal erfasst mich eine Woge der Zuversicht. Meine Sichtweise verschiebt sich und lässt mich plötzlich positiv in die Zukunft blicken, wo ich kurz zuvor noch von meinen Zweifeln zerfressen wurde. Immerhin besteht nun ein Fünkchen Hoffnung, dass sie mir verzeihen könnte. Eine Hoffnung, die ich in all den Wochen nicht spürte, die jetzt alles verändert.

Während der mehr als achtstündigen Fahrt berichte ich David schonungslos von meinen Erlebnissen im Entzug, lasse kaum ein Detail aus. Die meiste Zeit verbringe ich jedoch damit, mir im Kopf die richtigen Worte zurechtzulegen, um für das Wiedersehen mit Julia gewappnet zu sein. Morgen schon werde ich sie sehen. Morgen bekomme ich die Chance, das Ruder herumzureißen.

Wieder zu Hause komme ich nicht zur erhofften Ruhe. Immerzu habe ich Julias Gesicht vor Augen, als sie plötzlich in der Tür stand und ich sturzbesoffen am Boden lag. Das Entsetzen in ihrem Blick, die grenzenlose Enttäuschung, all das ist wieder präsent – hier, wo es passiert ist. Ich schäme mich zutiefst dafür und es gelingt mir nicht, diese Gedanken abzuschütteln. Zu groß ist das Chaos in meinem Kopf, zu gewaltig die Flut von Emotionen, die mich davontreiben lässt. Mir ist bewusster denn je, dass ich nie wieder an diesen Punkt zurück will, ganz gleich, wie lang und hart dieser Kampf wird.

Erst gegen Morgen falle ich in einen unruhigen Schlaf und fühle mich dementsprechend gerädert, als der schrille Ton des Weckers gnadenlos in meinen Ohren dröhnt.

Ich brauche jedoch nicht lange, um mir bewusst zu werden, welcher Tag heute ist – der Tag, an dem ich Julia endlich wiedersehen werde. Ich würde lügen, wenn ich behaupte, mir würde der Arsch nicht auf Grundeis gehen. Dennoch überwiegt die Freude, die wie ein Lebenselixier durch meine Adern fließt und mir Auftrieb gibt.

Nach einer Dusche und einem guten Frühstück fühle ich mich erstaunlich munter und stark genug für das, was mir bevorsteht. Zuversichtlich mache ich mich mit dem Fahrrad auf den Weg. Trotzdem wächst meine Nervosität Stück für Stück, je näher ich der Villa komme.

Als ich ankomme, ist das Tor nur angelehnt. Ungeduldig schiebe ich es auf und das vertraute Quietschen beruhigt meine Nerven ein wenig.

Mit suchendem Blick durchquere ich den verwilderten Garten. Es riecht nach dem feuchten Herbstlaub, das den Boden unter meinen Füßen bedeckt. Es ist nichts zu hören, außer dem Pochen meines Herzens. Bedächtig gehe ich auf den Seiteneingang zu, dessen Tür einen Spalt breit geöffnet ist. Als ich den kleinen Raum betrete, steigt mir der zarte Duft von Julias blumigem Parfüm in die Nase. Sie ist also wirklich gekommen.

Trotz ihrer Nachricht war ich immer noch am Zweifeln. Möglicherweise aus Selbstschutz, um mit der Enttäuschung besser umgehen zu können, sollte sie doch nicht hier sein. Aber sie ist irgendwo. In der Eingangshalle schaue ich mich um, werfe einen Blick in den großen Saal, der trist vor mir liegt. Sie muss oben im Kaminzimmer sein.

Schnellen Schrittes eile ich die Stufen hinauf und halte vor der verschlossenen Tür inne, um mich noch einmal zu sammeln. Mit zitternden Fingern drücke ich die Klinke runter und stoße die Tür auf.

Und da sitzt sie, auf dem samtenen Sofa. Das Dunkelgrün des Stoffes bildet den perfekten Kontrast zu ihrem roten Haar. Ihr Kopf wirbelt zu mir herum und sofort erhellt ein strahlendes Lächeln ihr Gesicht. Sie springt auf, kommt auf mich zu, sichtlich verunsichert. Ihre Mimik spiegelt eins zu eins wider, wie ich mich fühle. Unruhe, Nervosität, Angst, Freude, Zuversicht – und alle Emotionen, die dazwischen liegen. Wie kann man so viel auf einmal empfinden? Dieses Gefühlschaos macht mich ganz schwindelig.

Schweigend steht sie nun vor mir, als würde sie nicht wissen, was sie als Nächstes tun soll.

»Hi.« Das ist alles, was ich zustande bringe. Es fühlt sich an, als würde mir das Herz aus der Brust springen.

Kapitel 29
Julia

„Hi.« Unsicher steht Maxim vor mir, die Hände in den Hosentaschen vergraben, beinahe schüchtern, wenn nicht sogar ängstlich.

Dieser Anblick versetzt meinem Herzen einen heftigen Stich. Mir ist klar, wie sehr ich ihn verletzt haben muss, und dass er sich meinetwegen schlecht fühlt. Aber er ist hier. Das bedeutet, wir sind nicht verloren.

Weil ich meiner Stimme nicht trauen kann, muss ich einen anderen Weg finden, das Eis zwischen uns zu brechen. Also stürze ich auf ihn zu, schlinge meine Arme um seinen Nacken und presse mich an ihn, in der Hoffnung er stößt mich nicht von sich weg.

Im ersten Moment spüre ich, wie perplex er ist, doch dann gleiten seine Hände an meine Hüften und er vergräbt sein Gesicht in meinem offenen Haar. Eine Weile verharren wir dicht beieinander, schweigend, genießend.

Doch mir brennt etwas auf der Seele, was ich loswerden muss. Also löse ich mich unsicher von ihm. *Was ist, wenn er mir doch nicht verzeihen kann?* »Sollen wir uns setzen? Ich möchte ein paar Dinge loswerden.«

»Ich auch«, murmelt er und folgt mir zum Sofa.

Trotz der Wärme, die von dem knisternden Kaminfeuer ausgeht, fröstelt es mich. »Maxim, ich …«

»Julia«, beginnt Maxim im gleichen Moment. Er lacht laut auf und dieses Lachen legt sich wie Balsam auf meine Seele. »Du zuerst.«

»Okay … Ich … ich muss mich bei dir entschuldigen, Maxim. Ich hätte nicht einfach abhauen dürfen, sondern mit dir reden müssen. Das war dumm von mir.«

»Ist schon in Ordnung. Du hattest allen Grund dazu.«

»Nein, hatte ich nicht. Und das ist auch nicht schönzureden. Als ich dich in der Wohnung sah, mit … den anderen, da sind mir einfach die Sicherungen durchgebrannt. Sofort war da dieser Schmerz, die Enttäuschung darüber, dass du wieder angefangen hast zu trinken und dann …« Ich will jetzt nicht über Alina reden. »In meinem Kopf war nur der Gedanke, ich müsse weg von hier. Von dir. Und das war egoistisch von mir. Es tut mir leid, Maxim. Aus tiefstem Herzen.«

»An deiner Stelle hätte ich vermutlich genauso reagiert. Du musst dich für gar nichts entschuldigen.«

»Und ob ich das muss. Mir war schließlich bewusst, dass du jederzeit rückfällig werden kannst und dass ich deine Krankheit ernst nehmen muss. Zumal ich sogar die Anzeichen erkannt habe. Aber ich wollte sie nicht sehen. Es war einfacher, mir einzureden, alles sei in Ordnung. Und dann habe ich dir diesen Brief geschrieben …«

»Der Brief«, sagt er tonlos. Ich kann seinen Schmerz förmlich spüren. Der Schmerz, den ich ihm zugefügt habe.

»Vergiss diesen Brief bitte, Maxim. Ich wünschte, ich hätte ihn nie geschrieben.«

»Als ich ihn las, war ich überzeugt, dass es aus ist. Dass du nicht zurückkommen würdest. Und das nur, weil ich nicht offen zu dir war. Ich wollte dir nicht zeigen, wie schlecht es mir ging. Du hast einen Mann verdient, der stark ist. Und der wollte ich für dich sein.«

»Erstens bist du der stärkste Mann, der mir je begegnet ist, und zweitens ist es ein Zeichen von Stärke, wenn man sich auch seine Schwächen eingestehen kann. Du musst mir nichts vormachen. Was soll das auch bringen?«

»Wie gesagt, ich wollte dir beweisen, dass ich da drüberstehe.«

»Ganz schön dumm.« Wider Erwarten heben sich meine Mundwinkel zu einem leichten Grinsen.

»Weiß ich jetzt auch.« Sein Blick flattert zu mir herüber. »Und jetzt?«

»Jetzt erzählst du mir, wie es dir geht. Wie hast du den Entzug überstanden?« Sachte lege ich meine Hand in seine und unsere Finger verschlingen sich ineinander.

»Am Anfang war es hart. Verdammt hart sogar. Zumal da immer der Gedanke war, dass du weg bist. Doch irgendwann wurde mir klar, dass dieser Entzug alles ist, was ich tun kann, um dir zu beweisen, wie ernst ich es meine. Ich wollte nicht kampflos aufgeben. Ich wollte dich zurückgewinnen. Dieser Wunsch war in all den Wochen mein Motor. Ich weiß, dass noch ein langer Kampf vor mir liegt. Und es wird garantiert nicht immer einfach sein. Aber mir ist endlich bewusst geworden, dass ich Hilfe annehmen muss, um dauerhaft trocken zu bleiben.«

»Und das bedeutet genau was?«

»Ich habe einen Psychologen, zu dem ich gehen kann. Gehen *werde*. So, wie ich es dir eigentlich schon nach dem ersten Entzug versprochen habe. Aber dieses Mal ziehe ich es wirklich durch. Genauso wie ich nun regelmäßig zu den Anonymen Alkoholikern gehen werde. Morgen ist das erste Meeting.«

»Hört sich an, als wärst du auf einem guten Weg.«

»Ja, denke ich auch. Aber es gibt etwas, was mir diesen Weg noch erleichtern würde. Oder eher jemanden.« In seinen Augen liegt eine Mischung aus Hoffnung und Liebe. »Gibt es denn die Chance, dass wir beide …« Mitten im Satz verstummt er.

»Ich denke, die gibt es.«

»Das heißt …«

»Wir setzen alles auf Anfang und starten noch einmal von vorne.«

»Julia, du weißt gar nicht, wie glücklich du mich gerade machst. Ich verspreche dir, dass ich dir nie wieder etwas verschweigen werde. Egal, was es ist.«

»Und ich verspreche dir, nicht einfach abzuhauen, wenn es mal wieder schwierig wird.«

»Beste Voraussetzungen für einen Neustart.« Ein Strahlen liegt in Maxims Augen.

»Sehe ich auch so.«

Sein Lächeln bringt mich aus der Fassung. »Denkst du … man kann gleich am Anfang mit einem Kuss beginnen?«

»Aber so was von!«

Unsere Lippen finden sehnsuchtsvoll zueinander und in diesem Kuss entladen sich alle Gefühle der letzten Wochen, als hätten sie bloß darauf gewartet, freigelassen zu werden. Am Ende bleibt nur eines übrig – Liebe. Alle Ängste und Zweifel verpuffen schlagartig, lösen sich in Rauch auf.

In diesem Moment weiß ich, dass wir gemeinsam alles meistern können. Was auch immer da kommen mag.

Zehn Monate später
Julia

Es ist einer dieser lauen Sommerabende, an denen man sich wünscht, niemals wieder ins Haus gehen zu müssen und einfach ewig unter freiem Himmel sitzen zu bleiben. Der August zeigt sich von seiner besten Seite. Es ist warm, aber nicht zu heiß. Ein leiser Sommerwind weht durch mein Haar. Ein zarter Blumenkranz, der die flatternden Strähnen aus meinem Gesicht hält, krönt mein Haupt.

Alle Menschen, die ich liebe, habe ich um mich: Mona und Frank, deren Garten wir in Beschlag genommen haben.

Tessa, David und die kleine Johanna, die im Februar zur Welt kam und meiner Freundin einen ganz besonderen Glanz in die Augen gezaubert hat.

Eva und Olli mit dem quirligen Leo, der den Alleinunterhalter spielt.

Chris und seine Frau, mein Chef Johann und auch Darius. Sogar meine Familie aus Irland ist hier. Mum und Dad, meine Schwester Loreen und Davin mit seiner Freundin Albie.

Und natürlich Maxim – dessen Ehefrau ich mich seit dem heutigen Tag nennen darf. Wenn ich ihn ansehe, weiß ich, was Glück bedeutet. Und Liebe. Dennoch kann ich es nicht fassen, diesen Schritt mit ihm gegangen zu sein. So viele Zweifel haben mich geplagt, als ich ihn kennenlernte. So viele Steine lagen uns im Weg und es war weiß Gott nicht einfach, diese aus dem Weg zu räumen. Es war ein erbarmungsloser Kraftakt, gespickt von herben Rückschlägen, Kummer und Enttäuschungen. Doch was uns miteinander verband, war stets stärker als das, was uns auseinandertrieb.

Die letzten Monate haben uns endgültig zusammengeschweißt, uns bewusst gemacht, dass wir nur miteinander funktionieren.

So bestanden für mich keine Zweifel mehr, als er um meine Hand anhielt. Auch wenn es für meinen Geschmack übertrieben romantisch war, als er vor mir auf die Knie ging, konnte ich gar nicht anders, als »Ja« zu sagen. Nie zuvor fühlte sich eine Entscheidung so richtig an.

Und so sitzen wir hier, feiern diesen besonderen Tag, ganz schlicht, ohne viel Prunk. Wir haben ein Tipi-Zelt gemietet, für den Fall, dass das Wetter nicht mitspielen würde. Es nimmt den halben Garten ein und ist mit lauter Lichterketten geschmückt. Die Tische, die im Schutz des Zeltes stehen, sind mit kunterbunten Blumen und großen Windlichtern geschmückt. Im restlichen Garten sind einige Stehtische, Bänke und übergroße Sitzsäcke verteilt. Neben dem Geschenketisch steht ein Tandem mit einer riesigen Schleife am Lenker. Die beste Idee, die meine Freunde nur haben konnten. Vor dem Gartentor wartet ein Food Truck, der uns mit köstlichem Essen versorgt.

Leise traditionelle irische Musik strömt zu uns herüber und lässt mich glauben, in einer anderen Welt zu sein. Einer Welt, die zwei Universen miteinander verbindet. Kamen mir Irland und Bremen früher meilenweit voneinander entfernt vor, sind diese beiden Orte in diesem Moment eins geworden.

»Du sahst nie glücklicher aus«, sagt Tessa lächelnd, als sie sich mit der schlafenden Johanna auf dem Arm zu mir gesellt.

»Was wohl daran liegt, dass ich nie glücklicher war als in diesem Moment.« Meine Mundwinkel ziehen sich noch weiter in die Höhe, dabei schmerzt mein Gesicht bereits vom Dauerlächeln.

»Ich freue mich unsagbar für euch beide. Und für mich, ehrlich gesagt, auch. Jetzt kann ich mir endlich sicher sein, dass du mir erhalten bleibst.«

»Wer sagt denn, dass wir nicht nach Irland ziehen werden?«

»Untersteht euch!«, ruft Tessa gespielt empört.

»Nein, nein. Keine Sorge. Ich weiß jetzt endlich, wohin ich gehöre. Und trotzdem kann ich es kaum erwarten, Maxim mein Zuhause zu zeigen und mit ihm quer durch Irland zu reisen. Ich denke, es ist wichtig, dass er meine Wurzeln kennt.«

»Viel wichtiger ist, dass du ihm Wurzeln gibst. Und er dir.«

»Ja, du hast recht.«

Ein herzerweichendes Wimmern unterbricht unsere Unterhaltung. »Ich fürchte, da hat jemand Hunger«, meint Tessa mit Blick auf das kleine Bündel in ihrem Arm. »Entschuldige mich.«

Kaum ist sie weg, sehe ich meinen Dad gemächlich auf mich zutrotten. Auch er sieht sichtlich zufrieden aus, als er meine Hände ergreift und mich von oben bis unten betrachtet. »Meine wunderschöne Tochter.« Mit einem Grinsen fügt er hinzu: »Ich wusste übrigens, dass du kein weißes Kleid tragen würdest. Deine Mutter und ich haben eine Wette darauf abgeschlossen. Jetzt rate mal, wer gewonnen hat.«

»Du kennst mich einfach zu gut.« Ich schaue an meinem türkisgrünen bodenlangen Kleid herunter, dessen Träger im Nacken zusammengehalten werden. Der zarte Stoff des fließenden Rockteils wird von bunten, nach oben hin verblassenden Blüten geziert, verspielt und elegant zugleich.

»Es steht dir wunderbar – genau wie die Liebe.« Heiterkeit schwingt in seiner Stimme mit.

»Du hattest so recht, Dad.«

»Womit?«

»Dass ich das Glück einfach auf mich zukommen lassen soll. Und dass Liebe allem standhält. Ich weiß, ich habe mir viel zu lang selbst im Weg gestanden.«

»Aber zum Glück hast du es noch früh genug erkannt.«

»Ja, zum Glück. Nicht zuletzt dank dir. Deine Worte sind mir nicht mehr aus dem Sinn gegangen.«

»Tja, manchmal ist es eben nicht verkehrt, auf seine Eltern zu hören.«

»Nein, ganz sicher nicht.« Ich lehne mich an Dads Schulter und drücke mich fest an ihn, als ich Maxim auf uns zukommen sehe. Sein Anblick bringt meinen Puls zum Rasen. Er trägt ein schlichtes Hemd, dessen Farbton eine Nuance heller ist als der meines Kleides. Die beiden oberen Knöpfe sind offen, die Ärmel hochgekrempelt. Seiner Sneakers hat er sich bereits entledigt und die graue Jeans unten umgeschlagen.

Galant streckt er mir die Hand entgegen und macht eine leichte Verbeugung, weshalb ihm seine braunen Locken in die Stirn fallen. »Störe ich gerade oder darf ich die bezaubernde Dame um einen Tanz bitten?«

»Du störst nie«, entgegne ich und mein ganzer Körper wird von einem Kribbeln durchflutet. Sachte lege ich meine Hand in seine und lasse mich von ihm in die Mitte des Gartens führen. Ich spüre, wie sich alle Augen auf uns richten. Normalerweise hasse ich es, im Mittelpunkt zu stehen. Doch ich sehe nur ihn, blende die anderen aus.

Die ersten Klänge von »You Are The Reason« dringen in mein Ohr und wir bewegen uns sanft im Takt der Musik. In seinen Armen fühle ich mich leicht, nahezu schwerelos.

Die letzten Monate haben Maxim wieder auf Kurs gebracht. Was hinter uns liegt, ist fast vergessen. Ein Blick in seine Augen genügt, um zu wissen, dass er neuen Halt gefunden hat. Er kann die Vergangenheit ruhen lassen und sich auf das fokussieren, was vor ihm liegt. Was vor *uns* liegt.

Als er meine Lippen mit seinen versiegelt, bedächtig und dennoch bestimmt, werden wir eins, verschmelzen ineinander zu einem Ganzen. Was wir einst waren, sind wir nicht mehr – zwei heimatlose Herzen, die sich nirgends zu Hause fühlten, die haltlos auf dem Meer umhertrieben und es niemals schafften, ihren Anker zu setzen.

Maxim ist zu meinem Heimathafen geworden – und ich zu seinem.

Danksagung

Mein Dank gilt vor allem meiner Freundin Carina aka C.K. Zille, die ich zu jeder Tageszeit nerven darf, wenn es mal wieder hakt.

Ein großes Dankeschön an meine Schreibgruppe und Eure Power, die mich immer wieder motiviert.

Danke, liebe Christina, für Deine ehrliche Meinung.

Von Herzen danke, liebe Nicole Knoblauch, dass Du mir auf die Sprünge geholfen hast. Wer weiß, wo dieses Buch ohne Dich gelandet wäre …

Tausend Dank, liebe Ria Raven, für dieses zauberhafte Cover. Es sieht wunderschön aus.

Vielen lieben Dank an Minnie Kromer und Claudia Heinen, weil Ihr meine Geschichte auf Herz und Nieren geprüft habt.

Danke an meine wundervolle Familie.

Zu guter Letzt, danke ich Dir, lieber Leser, liebe Leserin, weil du mit Julia und Maxim auf diese Reise gegangen bist.

Regen, Wolken, Liebe

Marc ist Tessas große Liebe. Doch der Tag, an dem ihr ein verhängnisvoller Brief in die Hände fällt, ändert alles. Ihr Mann hat eine Geliebte. Diese Erkenntnis trifft sie wie ein Schlag. Etwas Eigenartiges passiert, wie jedes Mal, wenn ein Sturm in Tessa tobt: Dunkle Wolken verbünden sich mit ihr, der Regen hüllt sie in eine Umarmung. Tessa wird eins mit der Witterung. Oder ist es umgekehrt? Doch ganz gleich, wie düster es um Tessa wird, vermag der Regen nicht nur Dunkelheit mit sich zu bringen ...